UNE FEMME EFFACÉE

LOUISE DESCHÊNES

UNE FEMME EFFACÉE

roman

TROIS

Cet ouvrage est publié dans la collection TOPAZE.

©Éditions TROIS
2033, avenue Jessop, Laval (Québec), H7S 1X3
Tél.: (450) 663-4028, téléc.: (450) 663-1639,
courriel: ed3ama@contact.net

Diffusion pour le Canada:

PROLOGUE
1650, boul. Lionel-Bertrand,
Boisbriand (Québec), J7E 4H4
Tél.: (450) 434-0306,
téléc.: (450) 434-2627

Diffusion pour la France et
l'Europe:
D.E.Q.
30, rue Gay Lussac,
75005 Paris France
Tél.: 43 54 49 02,
téléc.: 43 54 39 15

Cet ouvrage a été publié grâce à une subvention du Conseil des Arts du Canada et de la Société de développement des entreprises culturelles au Québec.

Données de catalogage avant publication (Canada)
Deschênes, Louise, 1957-
Une femme effacée
(Topaze)

ISBN 2-89516-003-1

I. Titre. II. Collection

PS8557.E763F45 1999   C843'.54   C99-940554-3
PS9557.E763F45 1999
PQ3919.2.D47F45 1999

Dépôt légal: Bibliothèque nationale du Québec
          Bibliothèque nationale du Canada
          4ᵉ trimestre 1999

En page couverture: *L'Attente*, 1935, de Richard Œlze.
Tiré de *L'art au* XXᵉ *siècle*, tome 1,
Taschen, 1998, p. 153.

Photo de l'auteure: Michel Marceau

À ma fille Catherine

«Je crois que l'existence de chaque être renferme un message qui n'atteindra jamais sa destination; je me leurre moi-même en m'imaginant pouvoir réitérer ce message. Cette interruption inéluctable de la communication est un lugubre appel de notre ultime dépendance envers le silence, qu'en fin de compte, il n'y a véritablement rien à dire, que le silence est notre vrai compagnon, partenaire et amant.»

Janet Frame, *Le Jardin aveugle,* p. 41

Je suis une femme qu'on ne remarque pas.

Cette phrase, en apparence anodine, je l'ai cherchée pendant plus de quarante ans, m'accrochant à l'idée de son existence, persuadée qu'elle devait se cacher dans la brume des rêves, qu'elle devait m'attendre patiemment comme l'on attend un voyageur dont le train a pris quelque retard. Un retard que, longtemps, j'ai pensé irréparable, comme si une force, à l'intérieur de moi, m'empêchait d'atteindre ces mots, cette petite phrase qui exprime l'essentiel du malaise qui a marqué mon rapport avec les autres, ces mots qui ouvrent une brèche dans la pauvreté apparente de mes souvenirs.

Plus que mon caractère effacé, cette phrase décrit un sentiment profond, l'impression que mon visage est recouvert d'une sorte de voile, de substance opaque qui me rend invisible aux yeux des autres. J'ai quarante-cinq ans. J'ai eu amplement le temps de constater que les gens lorsqu'ils me rencontrent pour la première fois ne gardent aucun souvenir précis de mon visage, qu'ils ne me reconnaissent pas, pas tout de suite, lorsque le hasard provoque une nouvelle rencontre.

J'ai longtemps pensé que mon effacement était une manière de détourner l'attention des gens, car je n'ai jamais supporté un intérêt trop direct, des questions trop personnelles, mais cette explication m'apparaît aujourd'hui trop simple, et je cherche autre chose, l'origine de mon invisibilité, les racines de cette idée obsédante dont mes proches ont tendance à rire, n'y voyant qu'une pensée fantaisiste liée à ma timidité.

Je n'ai plus de doutes maintenant. L'indifférence des autres à mon endroit est liée à mon visage, mon visage que j'ai du mal à percevoir comme si, entre mes traits, mon regard, mon sourire, s'était glissée une sorte d'hésitation, qu'il manque quelque chose, un détail, pour qu'il soit achevé, distinct, une incomplétude laissant chez les gens un malaise, un inconfort, vite attribué à mon tempérament sauvage.

C'est une étrange impression et, même si je n'ai jamais vraiment souffert de cette forme d'indifférence, me limitant à la considérer comme un héritage direct de mon enfance, mon enfance passée dans l'ombre de ma mère, il me semble qu'elle est à l'origine de mon sentiment d'isolement.

Dans l'intimité, c'est différent. Il suffit parfois de quelques minutes pour que l'autre, sans doute encouragé par mon silence, se confie à moi. Pourquoi le silence est-il toujours interprété comme la permission de dire n'importe quoi, d'outrager les règles de la plus simple discrétion? Toutes ces femmes qui me racontent leur vie, avec force détails, à croire que le fait de raconter leurs malheurs leur donne enfin une certaine réalité. Des femmes, car le monde des confidences est féminin. Essentiellement féminin.

Du plus loin que je me souvienne, j'ai toujours été celle à qui l'on confiait ses malheurs. Peut-être est-ce ma faute, peut-être dois-je accuser avant tout mon attitude réservée, car n'est-ce pas elle qui encourage les autres à ces épanchements? Ils ne m'ont jamais demandé d'être leur miroir, leur confidente préférée, celle qui s'attache à l'écho des mots, à l'odeur du sang et de la peine, au frémissement du bonheur, presque imperceptible, à l'attente, à l'attente incommensurable du mot juste, capable de cerner le désir. Ils ne m'ont jamais rien demandé mais je leur ai offert, pressentant que là était mon rôle, que, dans chaque famille, une personne doit se dévouer, s'effacer pour que les autres trouvent leur place, un étrange sacrifice, une loi qui se perpétue depuis la nuit des temps, une loi que mon métier m'a appris à reconnaître, car ne suis-je pas devenue celle qui démêle les histoires, celle qui fait la part de l'ombre et de la lumière, là où s'entremêlent peines et passions? Ce métier, je ne l'ai pas choisi, pas plus que le reste, une prédisposition m'y a contrainte et je me demande ce que serait ma vie si je ne m'étais pas consacrée à la littérature. Je suis une lectrice vorace et j'essaie de communiquer à mes étudiants ma passion pour la construction des histoires, la finesse du style, l'acuité de la pensée. Je lis pour oublier pendant quelques heures la confusion de ma propre vie mais aussi pour ne pas m'éloigner de ce nœud palpitant où se joue l'image que l'on a de soi.

J'ai toujours eu une nette préférence pour les auteurs mettant en scène des personnages au destin trouble, aux prises avec une fatalité implacable. L'idée de la fatalité a toujours exercé sur moi une grande fascination, car, une fois le train en marche, comment peut-on espérer échapper à la destination qui nous attend, à la destination que d'autres ont décidée pour nous? Décidée, sans même le vouloir, leurs pensées et leurs désirs les plus secrets s'imprégnant en nous, jour après jour, jusqu'à la confusion la plus totale. Les écrivains me rappellent que la conscience est une idée pour les naïfs, la volonté tout autant, car, dans les moments importants, nos gestes comme nos pensées suivent une trame sur laquelle nous n'avons aucun pouvoir. Comme tout le monde, j'ai voulu me rebeller, me créer une vie différente, mais le temps a effacé mes dernières illusions. Je n'ai guère changé depuis ma plus tendre enfance, l'enfant a vieilli mais elle est demeurée la même.

Je n'ai plus le choix. Je dois devenir ma propre confidente, je dois chercher les racines de ce sentiment de fausseté qui m'a faite dépositaire de l'histoire des autres, à l'image de ces vieilles servantes, au silence immuable, écoutant dans l'antichambre les maîtres raconter leurs déboires, évoquer leurs désirs, comme si, entre les murs des maisons, rien jamais ne devait s'échapper, que la servante serait accusée la première d'indiscrétion, qu'elle serait chassée, condamnée à un exil encore plus insoutenable que la place qui lui est maintenant accordée. C'est une forme de servilité mais c'est aussi une protection sûre, car j'ai pu vivre ainsi sous le même toit que les autres, assurée que ce serait moi que l'on appellerait dans les moments de deuil ou de joie, que je serais transportée pour un instant au premier plan, malgré mon apparente soumission.

Je n'ai pas l'âme aventureuse, les chemins me font peur, et je rêve depuis toujours de retourner dans ma maison, celle où je serais enfin seule, délivrée du souci des autres. Je rêve d'atteindre mon visage, celui qui m'est étranger, le visage d'une femme trop tôt laissée seule avec ses pensées.

Je songe souvent à l'oubli qui frappe les conversations, même les plus intimes. La joie que procurent les aveux, les confidences ne tient le coup que quelques heures comme si les mots perdaient rapidement leur consistance, redevenaient, après un bref éclat, des écorces vides, insignifiantes. Sans le souvenir des regards, des sourires, que resterait-il des soirées même les plus agréables, sinon la part d'ombre, le murmure presque inaudible des mots abandonnés en chemin, ravalés alors que l'autre détournait le regard? Il suffit parfois d'une seconde d'inattention pour que le silence, tyran sans âme, abolisse toutes traces des pensées qui l'ont précédé.

Je ne parle pas beaucoup, non pas que je n'en aie pas le goût parfois mais je ne peux pas participer naïvement au mouvement général des aveux, retenue par l'idée que je ne ferai que voler les autres à mon tour, les déposséder, pendant quelques minutes, de leur identité. J'essaie souvent, de retour chez moi, de me répéter les mots échangés, cherchant à retrouver l'intensité de certains moments. Inévitablement, je finis par abandonner, saisie par l'évidence que le souvenir n'est pas suffisant, que tout se mêle en une couleur uniforme, la couleur de ce qui n'a pas été dit.

J'ai longtemps cru que cette difficulté m'était particulière, que les autres ne souffraient pas, du moins pas aussi intensément, de la faiblesse du souvenir. Mais je sais maintenant qu'il y avait au moins une autre personne comme moi: ma mère. Blanche, à la mémoire verrouillée, voguant dans les hautes mers, semblable à ces militaires qui, enfermés dans leur sous-marin, poursuivent leur voyage, ignorant qu'au-dessus d'eux la guerre a cessé.

Mais, au contraire de ma mère et de la majorité des gens, je manque d'étanchéité. Je le vois bien lorsque je me compare aux autres, à leur corps dur et fermé: ils parlent, ils parlent, ils s'embrassent, se cajolent, mais ils restent intacts, jalousement repliés sur leur petit monde de rêves, éloignés de cet effondrement que je vis à la moindre parole, au moindre geste, pétrifiée devant l'ampleur du sentiment qui se dévoile, juste une seconde, avant de se replier sur lui-même, apeurée par l'idée qu'il puisse être perçu, nommé, et tué sur-le-champ. Tué par le doute, par un sourire entendu, par la mesquinerie et l'ignorance.

Il arrive parfois certaines situations qui, brusquement, et d'une façon irrémédiable, confirment un sentiment, donnent une réalité à une pensée jusque-là fragmentaire et trouble. Une voisine, un soir d'été, il y a de cela plus de quinze ans, était venue s'asseoir près de moi dans les marches de l'escalier. Je surveillais ma fille Isabelle qui jouait sur le trottoir avec sa toute nouvelle bicyclette.

Après les banalités d'usage sur la température clémente, sur la drôlerie de ma fille, Édith n'avait pas hésité très longtemps à aborder des sujets plus personnels. Elle m'avait parlé de son mari qui l'avait quittée, de la difficulté d'élever seule son fils, de son burn-out du printemps précédent. J'écoutais, le visage impassible, cette longue série de malheurs, jouant mon rôle à la perfection, répétant parfois un mot pour montrer que j'étais sensible à ses propos. Après tout, les femmes qui se racontent ainsi à la première venue doivent se sentir bien seules et je n'avais pas le droit de lui refuser l'apaisement qu'elle recherchait.

Pendant plus d'une demi-heure, elle m'a parlé, passant de la tristesse à l'emportement, de la colère à l'abattement. Et puis, elle s'est arrêtée brusquement, sans doute gênée tout à coup devant le caractère trop intime de ses propos. Elle m'a souhaité une bonne soirée et, quelques minutes plus tard, j'ai entendu le bruit de l'aspirateur. J'étais encore sous le choc de ce qu'elle venait de me dire et, elle, elle nettoyait sa maison. C'était si déroutant que j'en aurais pleuré. L'intensité de sa peine s'était comme évanouie et je suis restée, seule sur le balcon, avec le sentiment d'une imposture. Un sentiment que je connais trop bien et qui ne se serait jamais estompé si ma mère n'était pas morte brusquement, il y a deux ans déjà, et si elle ne m'avait pas choisie comme exécuteur testamentaire. Un choix surprenant puisque normalement ce rôle aurait dû échoir à mon frère aîné, lui que tout le monde s'entendait à considérer comme le préféré de Blanche.

En fait, la mort de ma mère n'a été que le début d'une longue suite d'événements qui ont fait basculer ma vie: mon départ pour Québec, mon divorce, et puis la rencontre de Jacques Levasseur. Jacques qui est encore aujourd'hui auprès de moi, Jacques qui se sent impuissant devant la maladie qui me ronge. Car je suis malade, très malade, et, malgré les propos rassurants des médecins, je sais bien que la mort est là, tout près. Le cancer est une maladie qui ne pardonne pas et, même s'il a été détecté à temps, comme le dit mon médecin, je n'ai guère d'espoir dans les traitements. À mes yeux, le cancer ressemble à la grisaille des jours, à cette tristesse qui s'est installée en moi comme une armée en territoire occupé. Déjà, on me regarde comme on regarde les cancéreux, avec ce mélange de peur et de compassion. Même Jacques ne s'est pas rendu compte du changement survenu dans son regard, plus lourd, plus inquiet, comme s'il avait du mal à me reconnaître, que la maladie avait modifié l'apparence de mon corps, avait donné une autre expression à mon visage. Le cancer altère le corps profondément, il rappelle l'horreur ressentie devant ces insectes qui parasitent d'autres insectes, qui pondent leurs œufs dans le corps encore vivant de leurs victimes, assurant ainsi à leurs progénitures la nourriture dont elles auront besoin pour survivre.

Finalement, je n'aurai été heureuse que deux ans dans ma vie, une brève période, et je ne peux en tenir rigueur qu'à moi, moi qui ai été si négligente, qui n'ai jamais pris la peine de mettre de l'ordre dans mes pensées. Deux années où j'aurai connu l'amour d'un homme, un amour qui n'aura pas eu raison de ma tristesse, un amour hanté par la peur constante de son effondrement.

Jacques est plus que patient, il accepte de me donner les preuves de son amour, des preuves, à mes yeux, jamais suffisantes. Je ne peux rien contre ce terrible besoin d'être rassurée. Et j'ai peur parfois qu'il ne se lasse comme Jean, mon premier mari, s'est lassé avant lui.

La douleur n'est pas constante et je profite des accalmies pour écrire cette histoire, pour enfin lui donner la place qui lui revient. J'écris cette histoire pour moi, pour Jacques et pour Isabelle, ma fille. Plus le temps passe et plus elle me ressemble. Sa vie est semblable à la mienne et j'aimerais tant lui confier la part secrète de notre histoire, celle de notre famille, celle dont ma mère n'a jamais osé me parler de vive voix, celle que j'ai voulu à mon tour garder secrète. Les secrets même dévoilés n'apportent pas le repos, mais, au moins, ils permettent de comprendre le poids qui pèse parfois sur nos vies.

Il est trop tard pour moi, peut-être ne l'est-il pas pour ma fille, vivant l'un après l'autre des amours malheureux, indécise devant tout, habitée des mêmes peurs que moi?

Étrange héritage que je tiens à lui laisser pour lui rappeler qu'il est possible de survivre à la douleur des autres. J'ai toujours su que je mourrais jeune, que la maladie était en moi, que tous mes symptômes n'étaient que le début de ce long processus de la mort. Tous ces malaises qui m'ont accompagnée toute ma vie, des maux de tête, des vertiges, des malaises que les autres ne prenaient pas au sérieux, convaincus que j'étais le type même de l'hypocondriaque, obsédée par son corps, inquiète devant sa moindre manifestation. Ils n'avaient pas complètement tort, j'ai toujours été inquiète pour ma santé, plus que les autres, mais ils devront bien admettre que ce n'est pas eux qui, aujourd'hui, sont atteints d'un cancer.

Je ne sais pas pourquoi mais lorsque je pense à ma maladie, je me rappelle que, petite, j'inversais souvent les lettres dans les mots. J'écrivais «sien» au lieu de «sein» et «rein» au lieu de «rien». Une erreur que j'avais du mal à corriger, que je répétais souvent comme si, au moment d'écrire ces mots, un nuage passait dans ma tête. J'ignore ce que cela veut dire mais on s'attache parfois à des détails comme s'ils représentaient le début d'une explication.

Je n'étais guère douée pour les activités physiques et les élèves, sans doute jaloux de mes succès scolaires, de la préférence que me manifestaient certains professeurs, ne se gênaient pas pour se moquer de moi. J'aurais donné mes meilleures notes pour simplement ressembler aux autres, pour m'amuser comme eux.

Étrangement, l'inversion des lettres n'a commencé qu'en sixième année, l'année où le professeur était un homme, Monsieur Desroches, qui s'amusait de mes erreurs, me taquinait, moi qui étais la plus douée de la classe. J'avais honte devant lui, sans trop savoir pourquoi, honte de cette petite faiblesse que je n'arrivais pas à contrôler.

Mon enfance est révolue depuis longtemps. Le temps me presse. J'avais besoin de cette urgence pour enfin me décider à écrire ce qui m'a hantée toute ma vie. Et j'aime Jacques d'un amour désespéré, d'un amour qui s'éteindra bientôt.

Je m'appelle Marianne Lévesque. Je suis la fille de Blanche Couture et de Georges Lévesque, la seule fille, la cadette. Ma mère avait trente-cinq ans à ma naissance et peut-être avait-elle déjà épuisé, auprès de mes deux frères, le peu de patience qu'elle avait, car, avec moi, elle était sévère et lointaine.

Je détestais notre maison, propre, rigoureusement rangée. On aurait dit que la tristesse était imprégnée dans les murs. Notre maison était comme une coquille vide habitée par des fantômes, des êtres affaiblis qui ne peuvent penser que la nuit lorsque les autres dorment ou semblent dormir. Mes frères n'étaient pas comme moi. Ils ne semblaient pas accablés comme je l'étais par cette vie languissante qui nous était imposée. C'était physique. J'étouffais dans cette maison trop sombre, fermée à toute intrusion.

Je pensais que la lumière s'affaiblissait, à peine avait-elle touché les fenêtres, s'affaiblissait pour devenir une lueur tremblotante, à l'image de ces théâtres d'ombres japonais où la silhouette des personnages ne cesse de vaciller. En vieillissant, j'ai compris que la maison était tout simplement mal orientée, plus basse que les maisons voisines, et comme à l'envers du cheminement normal du soleil. Nous habitions du mauvais côté de

la rue et l'enfant fantasque que j'étais ne pouvait se satisfaire d'une explication aussi banale.

J'avais l'impression que les objets autour de moi
n'étaient pas à leur vraie place comme si un séisme,
presque imperceptible et pourtant bien réel, avait bous-
culé pendant mon sommeil l'ordre du monde, modifiant
non pas l'apparence des choses, mais leur substance,
laissant derrière lui l'étrange sensation d'une altération
des objets les plus usuels, une modification minime mais
suffisante pour me rendre étrangère à ce qui m'entou-
rait.

Nous vivions dans le décor de ma mère, un décor à
peine esquissé, comme abandonné en chemin. Les maisons des autres enfants m'apparaissaient différentes, plus
gaies, plus réelles que ne l'était la nôtre. Ma mère, au
contraire des autres mères, ne changeait jamais la dis-
position des meubles, la couleur des murs. Elle n'en ressentait pas le besoin, semblait-il, se contentait de maintenir en ordre ce qu'elle avait une fois décidé. Même ce
qui m'appartenait, mes jouets d'abord, mes livres, puis
mes vêtements semblaient, sous sa gouverne, imprégnés
d'elle, de sa rigidité, de sa froideur. On aurait dit que la
maison avait du mal à nous contenir, nous, ses habitants, que nous étions de trop dans cet univers savamment organisé. Déplacer un objet, faire du désordre
étaient des gestes impensables et nous respections, malgré nous, ces interdictions informulées, mais bien réelles.

Je me rappelle que Jean-Yves, mon plus jeune frère,
se promenait parfois la nuit dans la maison. Son som-
nambulisme a duré quelques années et je m'étonne de
ne pas avoir relié, avant aujourd'hui, son comportement

à l'austérité des lieux. C'était sans doute sa manière d'exprimer la tension qu'il ressentait et qui ne pouvait s'évanouir tout à fait la nuit venue. Ma mère allait le reconduire jusqu'à son lit et, docilement, il la suivait.

J'imaginais parfois, lorsqu'il m'arrivait de m'éveiller et de le voir errer dans la maison, qu'il allait prendre un couteau dans la cuisine et nous attaquer, l'un après l'autre, décimer notre famille. Je ne savais pas encore que les somnambules sont des êtres pacifiques, je ne faisais que projeter ma propre violence, ne sachant pas la reconnaître pour ce qu'elle était: une tentation toujours réprimée. En fait, la différence était minime, mon frère était somnambule la nuit, et moi, je l'étais, le jour.

Nous respections la loi de Blanche: la loi du silence. Une loi qui faisait douter de tout. Une loi qui n'avait jamais été écrite, que ma mère elle-même ignorait, ne faisant que reproduire le silence qu'elle avait connu. Même mon père semblait avoir accepté cette tyrannie. Ma mère n'a jamais été vraiment consciente de la peur qui se dégageait d'elle, de la dureté de ses traits, de son corps fermé à toute tendresse. Elle surveillait le moindre de nos gestes, prête à condamner du regard la moindre incartade à sa loi.

Je ne me souviens pas de ses yeux dans les miens. Ma mère ne me regardait jamais directement et j'étais condamnée à l'observer à la dérobée. Elle devait sentir mon regard dans son dos mais elle faisait semblant de ne s'apercevoir de rien. Les repas se déroulaient dans le plus grand silence jusqu'au moment où Blanche posait une question à l'un de mes frères. La plupart du temps, sur les études. Elle recevait les réponses qu'elle méritait: hâtives, bâclées. C'était chacun pour soi. Chacun défendait sa vie contre la curiosité des autres. C'est elle qui nous a montré à nous méfier, une méfiance profonde, abyssale.

On ne riait pas souvent, quand il y avait de la visite, mais il y avait peu de gens qui venaient nous voir. Pendant quelques heures, toutes les apparences d'une vie normale s'offraient à nous, et nous en profitions, sachant très bien qu'une fois les visiteurs partis, tout redeviendrait comme avant, aussi immobile et triste.

Ma mère avait fait le vide autour d'elle et en elle. Elle avait coupé les ponts avec sa famille et elle n'avait pas d'amies. Jamais, je ne l'ai entendue parler d'une femme avec qui elle aurait eu des relations autres que de convenances, comme si elle avait été incapable d'aller plus loin que le vernis des mots, qu'elle ne pouvait pas offrir d'autre visage que celui de l'immuabilité.

Parfois, elle supportait la visite de la famille de mon père, mais je me souviens que son attitude lointaine créait un malaise et que les visites, avec le temps, sont devenues de plus en plus rares.

Je ne rends pas justice à ma mère. C'est sans doute la chose la plus difficile à faire, car l'enfance déforme tout, l'énorme appétit de l'enfance prend ombrage du moindre fléchissement de ceux qui sont là pour nous protéger, nous aimer. Elle s'est occupée de nous, elle préparait les repas, nous reconduisait à l'école. On vantait à l'école, dans le voisinage, son dévouement, mais, alors qu'elle parvenait à tromper les autres, moi, elle ne me trompait pas.

Extérieurement, tout était parfait. Mais à l'intérieur d'elle, l'indifférence était là. Presque toujours. Jamais elle ne s'est vraiment préoccupée de ce que je pensais, de ce que je pouvais désirer. Combien de fois je lui ai demandé des cours de musique et combien de fois elle a refusé, prétextant le manque d'argent. Ce n'était pas vrai. Elle encourageait les projets de mes frères, trouvait toujours l'argent pour leur offrir les articles de sport qu'ils désiraient ou encore les disques qu'ils convoitaient. Son refus avait une autre raison. J'étais la seule fille de la famille et tout désir provenant de moi semblait représenter à ses yeux une menace à l'équilibre de sa vie. Je n'ai jamais su pourquoi elle craignait tant de me voir grandir.

D'ailleurs, dans mes souvenirs, il y a une nette différence entre ma petite enfance et les années qui ont suivi. Jusqu'à l'âge de cinq ou six ans, elle aimait me coiffer, m'habiller de robes élégantes, semblait très fière de la grâce particulière de son enfant. La coupure s'est produite lorsque je suis entrée à l'école. D'un coup, et sans que je puisse me l'expliquer, elle a cessé de s'occuper de mon apparence, s'est détachée de moi comme si le miroir s'était brusquement brouillé, qu'il n'arrivait plus à contenir mon corps qui grandissait.

J'étais trop jeune pour comprendre que son désintéressement coïncidait avec la mort de sa mère, un événement qui a dû raviver en elle un passé qu'elle avait tant voulu oublier.

La préférence qu'elle manifestait pour Louis, mon frère aîné, m'apparaît encore aujourd'hui incompréhensible. Elle était fière de son caractère, de ses succès, lui

qui était sans caractère et beaucoup moins doué que
mon frère et moi. Son premier-né était le centre de sa
vie et peu importait ce qu'il pouvait faire, elle avait décidé qu'il serait toujours à ses yeux l'enfant parfait.
Louis passait son temps à lui faire plaisir et je me disais
parfois que je préférais mille fois ma position de laissée
pour compte. Au moins, je pouvais m'opposer à elle.
Quant à Jean-Yves, il s'est toujours tenu loin de la famille, préférant la compagnie de ses amis aux ennuis de
la vie quotidienne, soupçonnant que rien ne pourrait
changer l'idée de notre mère sur ses enfants.

Dans presque toutes les familles, on retrouve la
même loi. Les enfants ne sont pas égaux aux yeux des parents, des préférences subtiles s'installent et déterminent
pour longtemps le comportement de l'un ou de l'autre.
Moi aussi, lorsque j'ai eu mes enfants, je n'ai pas échappé
à ces préférences inconscientes. On n'y peut rien. Le
caractère de nos enfants nous échappe et, malgré tous
nos efforts, le lien s'établit ou se disloque avec le temps.

Enfant, j'étais soumise, plus qu'obéissante, prête à
tout pour ma mère. J'avais peur, du noir, des étrangers,
peur d'être emportée loin de ma maison, volée à ma
mère. C'est vrai qu'elle était sévère et que je m'amusais
à la tromper, à jouer la petite fille modèle, et à entrete-
nir des pensées violentes à son endroit. J'avais l'impression qu'elle était injuste. Profondément injuste, qu'elle
ne portait qu'une attention distraite à ses enfants, se
fermait à leurs bonheurs comme à leurs peines.

On dit que l'enfance est déterminante mais j'ai l'impression d'avoir été écartée très tôt de l'insouciance de
ces premières années, d'avoir été projetée au centre de

la froideur de ma mère. Et quelle froideur! Monumentale, invivable! On aurait dit que son corps avait été enfermé dans la glace, de la glace noire, presque invisible, et que le printemps jamais n'arrivait jusqu'à elle. Elle vivait dans une saison unique, une saison hors du temps.

Blanche ne parlait jamais de sa famille et j'aurais tant aimé, comme les autres enfants, connaître mes grands-parents. Pourquoi avait-elle fait une croix sur son passé? Il était impensable de poser ces questions à ma mère, ç'aurait été une faute de goût impardonnable, une impolitesse punie sévèrement. Mes frères tout comme moi, nous savions qu'il était impossible d'aborder ce sujet, que cela faisait partie de tous les interdits de notre mère.

Pour lui plaire, je suis devenue une élève studieuse et appliquée. En vain. Mes succès la laissaient indifférente. J'apprenais avidement, remplissant ma tête de connaissances, toujours méfiante devant ma mémoire, m'inventant mille et un trucs pour retenir ce qui allait faire l'objet des examens. J'allais prier à l'église le matin des examens, pour m'assurer que mon rang de première de classe ne serait pas aboli, d'un coup, par une défaillance subite de ma mémoire. J'avais compris très vite que j'avais besoin de ma position de première de classe pour compenser mon peu de contacts avec les enfants de l'école.

J'ai gardé de cette époque une grande amertume. Les professeurs n'étaient pas de fins pédagogues car, s'ils l'avaient été, ils n'auraient pas encouragé en quelque sorte mon isolement des autres enfants. Il était normal pour eux que la première de classe soit écartée des jeux

de groupe, seulement tolérée à certaines occasions.
D'ailleurs, ma meilleure amie était une enfant peu douée
que j'aidais souvent pour les devoirs, une timide comme
moi.

Mon application a duré jusqu'au cégep. Après les
écoles dirigées par les religieuses, c'était tout nouveau,
la liberté d'assister aux cours, les expériences sexuelles.
Tout était permis, d'un coup. C'était presque trop brutal. Je n'ai rien appris au cégep. Les cours me semblaient
vides et je passais le plus clair de mon temps à me promener dans les longs corridors.

Je faisais partie des intouchables, des rebelles, même
si je ne m'amusais pas comme eux à ridiculiser le caractère trop sérieux des adeptes politiques. C'était l'époque
des groupuscules politiques installant leur table les uns
en face des autres, essayant d'attirer les étudiants au
visage blasé, plus préoccupés du dernier disque à la mode
que des idées marxistes ou pseudo-marxistes. L'anarchie
était à la mode, le rejet en bloc, l'autre nom de la confusion. C'était idéal pour moi, le camouflage idéal et je
regrette parfois cette époque où les explications semblaient superflues.

On me disait timide, j'étais renfermée, horriblement
renfermée. Dans les conversations, je n'arrivais pas à
me concentrer suffisamment pour dire quelque chose
d'intelligent. La proximité des autres avait un étrange
effet sur moi, toutes les pensées qui m'envahissaient
lorsque j'étais seule s'évanouissaient. C'est encore
comme ça maintenant. Ce n'est guère étonnant quand
je pense que je viens d'une maison où personne ne parlait vraiment à personne. Autour de moi, les gens in-

terprétaient mon silence. De multiples façons. On faisait de moi un mystère mais il n'y avait pas de mystère, sinon celui d'une femme mal à l'aise, égarée parmi les autres. En fait, toutes ces interprétations m'arrangeaient, on me laissait tranquille. Cela m'a valu un surnom: Le Vaisseau d'or, inspiré du poème de Nelligan. La Cyprine d'amour se donnait à qui la voulait. Sauf à Réjean, le seul garçon qui m'intéressait vraiment. Il lisait Dostoïevski, s'identifiait, je crois, aux personnages torturés et coupables. Je crois qu'il m'aimait bien, qu'il comprenait intuitivement de quel monde je venais, un monde qui ressemblait au sien. Je ne suis allée dans sa famille que deux fois mais j'ai reconnu tout de suite la même atmosphère, chargée, lourde de silence. J'ai repoussé son amitié sans trop savoir pourquoi, prenant plaisir à le faire souffrir comme si, pour la première fois, les rôles étaient inversés. Je le regrette maintenant, mais les regrets ne servent à rien, sinon à comprendre l'ampleur du désarroi qui était le mien. Je me demande aujourd'hui ce qu'il est devenu. A-t-il trouvé l'amour qu'il cherchait ou s'est-il davantage replié sur lui-même? Lorsque je repense à lui, je vois les petits bouts de papier éparpillés devant le seuil de ma maison, la lettre d'amour qu'il avait déchirée, impuissant devant mon indifférence. C'était la dernière d'une longue série, la seule que je n'ai pas lue, connaissant d'avance son contenu, cette longue supplication, cet appel à le comprendre, lui, à venir le rejoindre dans l'univers étouffant qui était le sien. Mais comment aurais-je pu répondre à son appel?

Je n'étais pas difficile. Je faisais l'amour à deux, à trois, homme ou femme. C'était une façon de me rassurer. Cela ne remuait pas grand-chose en moi. Je n'avais pas de désir. Tout le monde parlait du désir, c'était un mot à la mode, mais je ne savais pas ce que c'était. J'étais froide, empêtrée dans mes histoires. J'attendais la révélation tout en me doutant bien que mon romantisme ne tiendrait pas le coup bien longtemps.

À dix-huit ans, j'ai quitté la maison familiale pour aller étudier à l'Université de Montréal. Je quittais Québec, le cœur léger, remplie d'espoir. J'échappais enfin à la domination silencieuse de ma mère. Je crois que mon départ a été pour elle une épreuve difficile. J'étais la plus jeune et la première à quitter la maison. Je m'affranchissais mais, comme tous les esclaves, je ne savais pas encore que j'allais demeurer profondément fidèle à mon maître.

Je manquais souvent des cours, accablée par des vertiges, des maux de tête, particulièrement pénibles. Souvent, en classe, après quelques minutes, je me sentais étourdie et mon cœur se mettait à battre très vite. J'avais l'impression que j'allais m'évanouir et je sortais en essayant de ne pas trop attirer l'attention. Une fois à l'extérieur de la classe, je reprenais mon souffle et les symptômes, quelques minutes plus tôt si violents, s'estompaient. Je paniquais. J'avais lu la description des crises de panique dans mes livres de psychologie. C'était exactement cela: l'impression de perdre pied, que mon corps perdait toutes attaches, se mettait à flotter dans un espace invisible aux autres. Je n'arrivais pas à contrôler mes crises. Et je n'avais d'autre solution que de m'absenter le plus souvent possible. Je n'ai jamais pensé consulter. J'avais l'impression que ma fragilité était quelque chose que je devais supporter, que personne ne pouvait m'aider, que j'étais la seule à souffrir de ce genre de peur.

Étrange comportement pour une hypocondriaque, lorsque j'y pense, car j'ai toujours attendu à l'extrême limite avant de consulter les médecins, supportant pendant des mois des symptômes que la plupart des gens n'auraient pas endurés plus de quelques jours. Je ne savais jamais, en m'éveillant le matin, si la journée allait se dérouler sans trop de problèmes ou si, au contraire, de façon inattendue, un malaise allait venir perturber le cours normal du temps. Cette incertitude face à mon corps m'angoissait et il m'est arrivé, à plusieurs reprises, d'éviter certaines sorties, de peur d'être brusquement envahie par un sentiment d'oppression prenant, la plupart du temps, la forme d'un serrement dans la poitrine.

C'est à cette époque que j'ai rencontré Jean. Il suivait les mêmes cours que moi et le hasard nous avait faits coéquipiers pour les travaux scolaires. Les couples avaient commencé à se former de manière plus stable et, alors que les autres commençaient à imaginer ce que serait leur profession, leur vie, je demeurais incertaine, ne parvenant pas à m'imaginer dans aucun rôle, peu concernée par les ambitions des autres.

C'est lui qui est venu vers moi. Ç'aurait pu en être un autre. À l'époque de l'université, j'étais perdue, incapable d'imaginer ce que pouvait être ma vie. Je me suis attachée à Jean, à ses mots comme à une frontière me permettant enfin d'arrêter mon errance. Il aimait ma timidité et ma douceur, qualités qui lui sont devenues rapidement intolérables.

Jean m'apportait une sorte d'apaisement, car, au moment de sa rencontre, je venais de connaître une grande déception amoureuse. Je m'étais amourachée de

Luc, un homme dont j'admirais l'intelligence, la viva-
cité, un séducteur. Je me suis laissé séduire même si je
savais bien qu'il ne s'intéressait pas à moi, pas vraiment,
qu'il me trouvait étrange et sans convictions. Comment
ai-je pu vivre une relation aussi désastreuse, aussi hu-
miliante? Derrière ses remarques acerbes, je pressentais
qu'il percevait quelque chose de moi, quelque chose que
je voulais absolument connaître. En fait, je me suis ser-
vie de lui et rien ne sert de jouer à la vierge offensée. Je
le trouvais puéril, à sa façon, terriblement imbu de lui-
même, accrochant les femmes à son tableau de chasse
pour combler un manque évident de sensibilité. En sa
présence, tout se brouillait dans ma tête, et je restais là
à écouter ses longs monologues sur la musique, sur la
littérature. Un esprit brillant qui se ternissait rapidement à peine l'avais-je quitté.

Jean était différent, plus inquiet, plus amoureux. Je
me contentais d'être auprès de lui comme si j'avais enfin trouvé à me reposer aux abords d'un autre corps, je
m'occupais de lui, m'intéressais à lui sans exprimer une
idée qui puisse ressembler à une opinion personnelle.
En fait, peu m'importaient les opinions, mon énergie
étant à peine suffisante pour maintenir autour de moi
une apparente stabilité.

Des journées entières, je pouvais rester à la maison, la télévision ouverte, m'occupant des tâches ména-
gères avec ce qui pouvait ressembler à de l'application.
Notre appartement ne m'apportait pas le réconfort dont
j'avais tant rêvé. J'étais heureuse d'avoir enfin quitté
mon petit appartement trop sombre, mais cet autre lieu
ne me ressemblait pas, pas plus, c'était l'univers de Jean
et, sans parvenir à le préciser comme aujourd'hui, je

n'y avais pas de place. J'avais emménagé chez lui trop vite, m'accrochant à l'idée que j'aurais enfin une vie normale, une vie semblable à celle des autres, que j'arrêterais d'épier sans cesse les bruits des voisins, que la présence de Jean atténuerait mes obsessions.

Notre vie était routinière, sans avenir, suspendue dans un non-lieu comme si seule la peur nous liait, la peur de retomber dans la solitude obsédante de l'enfance. Parfois, lorsque nous buvions le soir, il m'arrivait de me plaindre de mon indétermination. C'est ainsi que j'appelais la difficulté que j'ai toujours ressentie à choisir aussi bien le métier que j'aurais pu faire que les activités que j'aurais pu entreprendre. J'avais appris à me laisser porter par les passions des autres, m'accrochant à elles comme à une lumière au bout du tunnel. Jean ne m'écoutait pas. Il attendait simplement que j'aie fini de me plaindre pour, à son tour, parler de ses ambitions de toutes sortes.

Son enthousiasme, tout comme celui des autres, me fascinait. Cette façon qu'ils avaient de parler de leurs désirs, de leurs projets. En général, mon apitoiement ne durait pas longtemps, la fascination non plus. Le lendemain, dégrisée, je retrouvais mon sourire, cette faiblesse qui me rendait indifférente aux ambitions les plus communes. Mon détachement m'apparaît aujourd'hui plus raisonnable que les engouements éphémères des autres, car, bien peu réussissaient à maintenir vivante leur passion. Le plus difficile n'est pas de s'enflammer pour une nouvelle idée, une nouvelle activité, mais de continuer à y croire après quelques mois, quelques années, une fois que les autres s'en sont désintéressés. La plupart des gens changent d'idée comme de vêtement et

d'activité comme d'ami, prêts à les abandonner à la
moindre lassitude, oubliant leur enthousiasme, modifiant leur âme au gré des vents. Je n'ai guère confiance
dans les autres, ils sont trop changeants, moi qui suis la
prudence même.

Qu'est-ce qui m'a séduite chez Jean? La différence,
peut-être. Il venait d'une famille aisée, s'exprimait avec
facilité et ne redoutait pas la société des autres. Exactement le contraire de ma famille. Et, pourtant, à bien y
penser, il s'agissait d'une forme de continuité, un espace où l'autre n'existe que pour faire écran à la menace constante de l'extérieur comme si deux corps réu-
nis dans le même lieu suffisaient à faire oublier l'ampleur de l'incertitude, que l'autre allait être indulgent,
allait être là sans rien exiger de plus que l'assurance de
la présence de l'autre.

C'était presque agréable. Je me cachais derrière Jean
et je pouvais observer en toute quiétude les autres, protégée par le lien qui nous unissait à leurs yeux. Je l'écoutais parler de littérature, de politique et j'adoptais ses
opinions, sans doute par paresse ou désintéressement.
Les explications m'ont toujours paru indécentes comme
si, au-delà des sentiments les mieux intentionnés, se
cachait un sentiment d'incompréhension profonde. Personne ne peut se mettre à la place de personne. Rien
n'est jamais simple, hormis peut-être le mouvement qui
nous pousse à vouloir protéger ceux qu'on aime.

Jean se méfiait de moi, redoutait ma tristesse et ju-
geait enfantin mon retrait du monde. Et pourtant, il
avait besoin de moi, de l'équilibre que je lui procurais,
pour poursuivre ses activités. J'aurais tant voulu le con-

soler et me consoler de cet abandon que nous avions connu tous les deux. Jean a eu une enfance difficile, marquée par les trahisons de son père et la détresse vorace de sa mère. J'ai toujours été convaincue qu'il n'existe entre les histoires que d'infimes différences comme si seulement l'angle changeait, et que, pour l'essentiel, la peine est la même. Je n'ai jamais réussi à en convaincre Jean.

Notre vie ressemblait à celle de ma propre famille, sans émotions, suivant une multitude de règles à croire qu'elles pouvaient remplacer tout ce qui n'était jamais dit. Jean se fâchait souvent, me reprochait ma négligence, mon désordre et mon désœuvrement. Lorsqu'il criait, ma pensée se vidait et je restais là, paralysée, à attendre que la voix se calme. C'était une peur si intense qu'elle fragmentait mon corps, me rendait étrangère à moi-même, comme désassemblée. J'ai toujours eu peur des voix d'hommes, des voix qui se gonflent jusqu'au cri, qui deviennent autre chose que des voix, une sorte de grondement sourd qui fait éclater la signification habituelle des mots, les détourne des sentiments connus, laisse l'esprit hagard et seul, plongé dans une peur si intense qu'elle fait oublier tout le reste.

Mon père était un homme colérique, mais ses emportements ne duraient pas longtemps et il finissait par s'excuser de s'être fâché pour la moindre bêtise. Sans doute avait-il besoin de ces moments de colère pour exprimer l'ennui de sa propre vie, la déception de ne pas avoir trouvé la chaleur et la tendresse dont il rêvait.

Durant des jours, je fuyais la présence de Jean. La

proximité de son corps, parfois si rassurante, était à ces moments-là menaçante pour moi. Les mots n'avaient plus aucun sens. Il les prononçait en pure perte, cherchant à me ramener vers lui, ne sachant pas qu'ils avaient perdu toute signification, qu'ils n'étaient plus que des épaves au fond de la mer.

***

Heureusement, pendant les vingt années que j'ai passées auprès de Jean, il y a eu l'accalmie de mes deux grossesses. J'avais terminé mes études et j'étais devenue professeur de littérature. Comme Jean. Mais alors qu'il était aimé de ses étudiants, j'avais du mal à m'habituer à mon métier. Au début, je pensais que je ne pourrais jamais supporter d'être devant une classe, de sentir sur moi tous ces regards, mais, étonnamment, alors qu'en société, j'étais affligée de crises de panique, une fois entrée dans la classe, je parlais avec une relative aisance, comme protégée par le rôle singulier qui m'était dévolu. C'était moi qui dirigeais le cours, qui avais la parole et je ne paniquais pas. J'entrais dans un rôle alors que les situations où je n'avais pas de place précise, où j'étais silencieuse et anonyme, perdue parmi tous les autres, accentuaient ma peur, me plongeaient dans un état de grande confusion.

Je ne sais pas comment le désir d'avoir un enfant est venu, comment il s'est glissé lentement en moi jusqu'à devenir une obsession. Jean aurait voulu attendre mais mon désir ne tolérait aucun délai. Et il a cédé à mon désir. Il a cédé pour avoir la paix, une étrange idée lorsque j'y repense, puisque la naissance d'un enfant bouleverse tout, prive définitivement les parents de leur temps personnel.

D'abord, il y a eu Isabelle. Un bonheur du corps incomparable! J'étais une femme enceinte, une femme parmi les autres femmes. Je rêvais de cette enfant. Et je me demandais parfois si ma mère avait ainsi rêvé de moi. Après deux garçons, espérait-elle une fille ou cela lui était-il indifférent? Je crois que cela lui était indifférent, qu'elle a eu des enfants dans une totale inconscience, que son corps nous a portés, mais jamais son esprit, qu'elle était à mille lieues de comprendre la terrible responsabilité de la maternité.

Moi, je voulais une fille. J'étais sûre de porter une fille. Et Isabelle est née. À peine était-elle sortie de mon ventre que c'en était fini de Jean et de moi. Pendant l'accouchement, notre union est morte définitivement. Il m'est apparu, comme jamais jusque-là, qu'il ne savait rien de moi, ne s'intéressait pas à moi. Il me parlait, mais de si loin, fuyait ma souffrance, la niait, ne supportant pas qu'une femme puisse souffrir en sa présence. Il n'avait d'yeux que pour l'enfant.

Il m'a offert des chrysanthèmes: des fleurs pour les morts. Il ne connaissait rien aux fleurs mais j'ai perçu ce cadeau comme la fin de notre amour. Je me rappelle très bien avoir été envahie par toutes ces pensées concernant la mort de notre amour, mais elles se sont vite effacées et je suis restée avec Jean, dans cet oubli. Peut-être n'avais-je pas la force à ce moment-là de soutenir ces pensées, de les laisser vivre en moi? J'avais trop à faire, il y avait Isabelle et toutes les inquiétudes qu'elle réveillait en moi.

Comme elle était belle, ma petite fille! Le regard surpris comme si elle mesurait déjà l'étrangeté d'être là. Enfant, elle ne dormait pas beaucoup. J'étais épuisée. Je m'attendais à avoir une enfant douce et docile et Isabelle était affectueuse et agitée. Je me disais: elle me ressemble si peu. C'était comme de voir l'enfant que j'aurais pu être mais que je ne serais jamais. Sans doute est-ce pour cela qu'elle faisait naître en moi de telles impatiences comme si rien ne pouvait la satisfaire, qu'elle ne cessait de me rappeler ma terrible insuffisance.

J'étais constamment inquiète pour elle, aux aguets, surveillant le moindre de ses gestes, de peur qu'elle ne se blesse, que mon inattention ne soit la cause d'un grave accident. La nuit, je me réveillais parfois, en sueur, et je me précipitais dans sa chambre pour m'assurer qu'elle n'était pas morte pendant son sommeil. J'avais l'impression qu'un danger pesait sur sa vie, un danger impalpable, mais pourtant bien réel.

Je me rappellerai toujours du jour où elle a été frappée par une automobile. Elle n'avait que six ans. J'avais oublié son sac d'école dans la maison et j'étais rentrée le chercher. Quelques secondes d'inattention seulement. Et Isabelle était couchée dans la rue, la jambe cassée. Des gens s'affairaient autour d'elle. J'ai pensé mourir à ce moment-là. Je sentais le sol se dérober sous mes pieds, et, comme dans les pires cauchemars, j'essayais de courir tout en sentant mes jambes de plomb, trop lourdes, m'arrachant définitivement à ma fille. La voix d'Isabelle me semblait lointaine et j'avais l'impression que les murs autour de moi s'effondraient comme s'ils avaient été de carton, comme si une secousse sismique les avait brisés.

J'étais inconsolable et, même si Jean a tenté de me rassurer, je suis demeurée, pendant plusieurs jours, prostrée, n'arrivant pas à me pardonner ces quelques secondes d'inattention. Et pourtant, Isabelle, elle, ne m'en voulait pas. C'était la faute du ballon qui avait roulé dans la rue, pas sa faute à elle, pas la mienne. Elle était heureuse, dans son inconscience, heureuse de bénéficier d'un petit congé d'école.

Isabelle était une enfant impossible à arrêter, terriblement agitée, impulsive. Et je me sentais débordée par ses comportements, par l'insolence et l'assurance qu'elle pouvait manifester en certaines occasions. Le temps a su la calmer. Aujourd'hui, son énergie débordante a pris une nouvelle forme, plus subtile, plus sournoise, la forme d'une indécision profonde face à ce qu'elle aime, face à ce qu'elle veut faire de sa vie.

Puis est venu Philippe, quatre années plus tard. Il est vrai que la naissance d'un enfant vient souvent raviver une relation déjà morte. La naissance de Philippe, pendant un certain temps, nous a permis, à Jean et à moi, de nous rapprocher. Jean était si fier de cet enfant, un garçon énergique et doué. Mais je dois avouer que j'ai toujours eu une préférence pour Isabelle, malgré son caractère entêté. Le rêve d'avoir un fils avait dû habiter Jean, sans qu'il le sache vraiment, car la naissance de Philippe lui a apporté un grand bonheur, sans doute le plus intense de sa vie.

Le lien privilégié s'est perdu maintenant. Isabelle a vingt-deux ans et elle ressemble à toutes les jeunes femmes

de son âge. Un peu plus inquiète sans doute, hypocondriaque comme moi, trop sensible, trop fragile devant
les autres. Quant à Philippe, il n'est préoccupé que par
ses études, que par ses amis. Il a hérité du caractère sérieux de son père, comme lui, il est indifférent à toutes
fantaisies.

Pendant plus de vingt ans, j'ai été la femme de Jean,
la femme d'un homme qui ne m'aimait pas et que je
n'aimais pas. Une vie de mensonge et de duplicité, une
vie contre laquelle je ne me suis jamais révoltée, faisant
comme si je n'en souffrais pas, pas plus que je n'avais
souffert de la froideur de ma mère. Vingt années qui se
sont écoulées comme hors de moi, dans un temps que je
n'arrivais pas à rattraper, qui ne me concernait pas. Je
ne crois pas avoir jamais eu la pensée de quitter cet
homme, ne pouvant pas imaginer que je puisse échapper à l'ennui. Je demeurais sourde aux commentaires de
mes amies, elles qui disaient ne pas comprendre le décalage entre ma vie personnelle et ma vie professionnelle.
Comment pouvais-je être si soumise à Jean, vivant dans
son ombre, alors que je poursuivais, à l'extérieur, une
vie, à leurs yeux, affirmée? Pour moi, il n'y avait pas
d'incompatibilité, ces deux vies se déroulant de façon
parallèle, ne se rejoignant jamais.

Toutes ces pensées qui m'habitent et qui se mêlent
dans ma tête, comme j'aimerais pouvoir mieux les or-
donner, mais je crains, qu'à trop vouloir les brusquer,
je perde le sentiment de vérité qu'elles contiennent, un
sentiment dont j'ai un tel besoin maintenant. Et puis,
je suis seule, seule avec la maladie qui me ronge, seule
avec tous ces souvenirs dont je ne sais que faire, seule
avec une histoire en lambeaux, incomplète, incertaine,

une histoire que je n'ai connue qu'après la mort de ma
mère. Toute la différence est là, car son silence, le silence dont j'ai tant souffert, a été à peine entamé par la
lettre que j'ai découverte. J'avais déjà perdu sa voix,
son corps reposait depuis plusieurs jours dans la terre,
au moment où j'ai découvert ce papier, ce petit bout de
papier, ce papier à la fois trompeur et plein d'une vérité
que sa présence seule aurait pu authentifier.

Il y a deux ans maintenant, j'ai pris le train pour Québec, embrassant du bout des lèvres Jean, un baiser furtif et froid. Il était prévu que je serais de retour dans quelques jours, le temps que ma mère se rétablisse. Mais, dans le train, je savais déjà que mon séjour serait beaucoup plus long que prévu.

Je me souviendrai toujours du téléphone de Louis m'annonçant l'hospitalisation de Blanche. C'est lui qu'on avait prévenu en premier, lui, le fils aîné. Il pleurait, me demandait de venir le plus tôt possible, que c'était une question de temps avant que notre mère s'éteigne. J'étais abasourdie, l'impossible était arrivé. J'ai pris le train quelques heures plus tard, après avoir téléphoné à Jean.

J'avais peur qu'elle ne meure avant mon arrivée. J'avais peur de ne plus revoir ses yeux, de ne plus pouvoir toucher sa main. Mais ses yeux ne se sont jamais rouverts et sa main, déjà froide, déjà de l'autre côté de ce monde, même si la vie s'attardait encore un peu en elle, ce n'était déjà plus sa main. Le coma a duré une semaine. Une semaine à la veiller, à attendre, à passer de l'espoir au désespoir, à espérer un signe, que tout cela n'était pas vrai, que ce n'était pas fini, qu'elle n'allait pas nous quitter pour toujours. Elle ne pouvait plus

parler et j'étais devant son silence comme je l'avais toujours été, un silence que je sentais, cette fois, définitif,
sans appel. J'espérais, j'avais toujours espéré, qu'à ses
dernières heures, elle me parlerait enfin, qu'elle me di-
rait les mots que j'attendais, des mots capables enfin
d'atténuer la tristesse de ma vie.

Nous habitions mes frères et moi dans la maison de
Blanche mais nous n'avions guère le temps de nous parler, nous relayant à l'hôpital à tour de rôle. Cette maison que j'avais tant détestée avait un effet étrange sur
moi; l'absence de ma mère rendait le décor fragile,
comme impersonnel. Elle était l'âme de cette maison et
l'âme avait disparu brusquement. Mon père était déjà
mort mais sa disparition n'avait pas créé un tel vide, la
maison était demeurée la même, plus triste peut-être,
mais inchangée.

Je n'osais rien toucher, par pudeur sans doute, de
peur de réveiller les fantômes endormis, de peur de précipiter l'agonie de ma mère. J'errais dans la maison, regardant tous les vestiges de la vie de Blanche, sa collection de bibelots de porcelaine qu'elle aimait tant, ses
tricots toujours inachevés, ses livres parfaitement rangés sur la table du salon. Mon goût de la littérature, je
l'ai hérité d'elle, car, malgré le peu d'intérêt qu'elle portait à ses enfants, elle m'avait montré à lire très tôt, bien
avant l'école, comme elle l'avait fait pour mes frères. C'était
important pour elle, elle qui pouvait passer des heures
à lire, seule dans la maison. Mon père, lui, était un
ouvrier, peu intéressé par les livres, bien différent de sa
femme.

Ma mère aimait beaucoup sa collection de porcelaine. Elle en prenait un soin jaloux et je me rappelle qu'après avoir lu la *Ménagerie de verre* de Tennessee Williams, j'avais pensé qu'elle ressemblait un peu au personnage de Laura, ou plutôt qu'elle présentait certaines ressemblances et moi, les autres. Laura, prisonnière de sa légère infirmité, isolée des autres. Laura ayant comme seul univers ses figurines de verre. Des heures durant, elle les regardait, les nettoyait, faisait luire le soleil à travers elles, alors que les bibelots de ma mère étaient opaques, recouverts d'une peinture aux tons criards, aux antipodes de la transparence. Dans la pièce de théâtre, c'est la fille qui s'accroche à sa collection de verre, alors que, dans notre famille, c'était ma mère. Et, pourtant, c'était bien moi qui étais repliée, tout comme Laura, dans un monde fragile et solitaire. Tout était confondu.

J'ai lavé les assiettes ayant servi au dernier repas de ma mère, avant qu'elle ne s'effondre sur le plancher, prise soudain d'un malaise. Sans la présence d'esprit d'une voisine, alertée par un bruit suspect, sans doute ma mère serait-elle morte, seule, et non pas quelques jours plus tard, entourée de toute sa famille. L'attaque avait été sévère et les médecins, sans le dire clairement, ne pensaient pas qu'elle pourrait survivre.

La mort l'a délivrée car elle serait restée lourdement handicapée pour le reste de ses jours. Il y avait sur le même étage que ma mère, des patients ayant survécu à une attaque cardio-vasculaire et, au mieux, ils étaient paralysés ou aphasiques. Elle ne l'aurait pas supporté, elle qui était si fière, si indépendante.

Elle est morte comme elle a vécu, dans un total retranchement aux autres. Et je n'ai pu que pleurer devant son corps brisé, déformé par la paralysie. À son chevet, je m'imaginais déjà, à l'agonie, semblable à elle. Ce n'était qu'une question de temps. Dans quelques années, j'irais la rejoindre et le même silence nous recouvrirait.

Elle est morte au petit matin, alors que Louis sommeillait dans une chaise. Je venais à peine d'arriver et je caressais sa main, contemplant la finesse de sa peau, ses longs doigts qui auraient pu être ceux d'une artiste.

Elle est morte sans même un cri, sans même un murmure. J'ai senti un léger soubresaut agitant son corps et puis une sorte de relâchement. Une seconde seulement, et elle nous avait quittés. Cette fois, sa main n'était plus qu'un souvenir dans la mienne. J'ai crié. Louis s'est précipité au chevet du lit et il a embrassé Blanche sur le front. Un geste qui m'a émue, un geste que je n'ai pas posé.

Le médecin est venu confirmer la mort de notre mère. J'étais assise près de la fenêtre, brisée, sentant encore dans ma main le souffle de la mort.

Les funérailles se sont déroulées dans la plus stricte intimité. Seule la sœur de Blanche, la plus jeune, la seule survivante, est venue se joindre à nous. Germaine s'est tenue à l'écart, respectant, même après sa mort, la volonté de sa sœur. Nous n'avions jamais eu de contacts avec cette famille et nous nous sentions, de part et d'autre, gênés et mal à l'aise. J'étais la seule à avoir déjà rencontré la tante Germaine, lors de l'enterrement de ma grand-mère, mais il y avait si longtemps. Je n'étais alors qu'une enfant.

La ressemblance entre la tante Germaine et Blanche était frappante, le même corps un peu voûté, le même visage où les rides avaient creusé de profonds sillons. Elle semblait cependant plus douce que Blanche, plus accessible et j'ai osé, après la cérémonie, lui dire quelques mots. Elle a été affable, prévenante, et j'ai senti au fond de son regard la même tristesse. Peut-être m'aurait-elle parlé davantage si Jean n'était pas venu près de moi pour me dire qu'il était temps de partir. Toujours cette façon de précipiter les choses qui, pourtant, auraient tant besoin parfois de se prolonger un peu.

Mes frères sont repartis rapidement, quelques heures seulement après les funérailles. Jean et les enfants m'attendaient dans l'auto, mais je ne voulais pas retourner à Montréal. Je voulais rester encore quelques jours dans la maison de Blanche. J'ai expliqué à Jean que je serais de retour dans quelques jours, le temps de vider la maison et de contacter un agent pour la vente. Je mentais. Je savais, dès ce moment-là, que je ne retournerais jamais auprès de lui, que c'était fini, que je ne pourrais plus jamais supporter ce simulacre d'amour, que je ne pourrais plus jamais regarder son visage et lui sourire. Quelque chose s'était cassé en moi. Je voulais rester dans la maison de Blanche, seule avec ma peine.

La dernière semaine avait été si pénible et Jean, fidèle à lui-même, ne m'avait pas été d'un grand support. Son indifférence s'était manifestée de façon plus évidente encore. Il n'avait jamais beaucoup aimé ma mère mais, tout de même, il aurait pu me prendre dans ses bras, tenter de me consoler. Il ne l'a pas fait. Seule Isabelle, au cimetière, a pris ma main comme si elle avait compris l'ampleur de ma détresse. Je sens encore la chaleur de sa peau dans ma paume.

Plus de quarante ans plus tard, la même scène se répétait et je me revoyais tenant la main de Blanche comme Isabelle avait tenu la mienne.

***

Je voulais m'éloigner de ce qu'avait été ma vie pendant plus de vingt ans, oublier mon métier, toutes mes obligations. J'avais suffisamment d'argent pour vivre plusieurs mois et le collège m'avait accordé sans problèmes un congé sans solde. Quant à mes frères, d'abord surpris, ils ont vite compris que j'avais besoin de cette maison, que ma décision de quitter mon mari était irrémédiable et que je devais prendre le temps de décider de mon avenir. Ils n'ont pas fait d'histoires. Ils n'en ont jamais fait. De toute façon, leur vie tranquille et organisée prenait tout leur temps et ils étaient reconnaissants que je m'occupe à leur place de la vente de la maison, des démarches inévitables de la succession. Après mon départ pour Montréal, ils avaient à leur tour quitté la maison familiale, l'un pour se marier, et l'autre, pour travailler à l'extérieur de la province. Nos contacts ont toujours été sommaires, comme si notre enfance commune s'était perdue, qu'ils avaient voulu oublier, eux aussi, cette période plutôt triste de leur vie.

Le soir même, j'ai écrit la lettre de rupture d'un trait. Laconique et froide, à l'image de notre relation. J'aurais pu lui dire tant de choses, lui parler de toutes ces années passées dans son ombre, mais à quoi cela aurait-il servi? Les mots n'avaient jamais réussi à nous rapprocher, ils avaient, au contraire, creusé entre nous une tranchée infranchissable. Je ne voulais pas l'accuser, seulement lui dire que je m'éloignais une fois pour toutes de cette vie qui ne me ressemblait pas. Je ne me souviens pas du contenu exact de cette lettre, seulement de l'avoir écrite dans un grand détachement, très loin déjà de ce qu'avait été ma vie auprès de Jean.

Je me rappelle qu'après avoir écrit la lettre, j'ai pensé à mes livres laissés derrière moi. Ils me manquaient déjà et je craignais, qu'une fois le choc passé, qu'après avoir repris ses esprits, mon mari ne veuille les vendre, s'en départir, sans même attendre un geste de ma part, et j'avoue que cette absence d'hésitation, ce visage méconnu de la rancune, m'apparaît aujourd'hui la marque tangible de nos deux vies inconciliables. Je ne supporte pas et je n'ai jamais supporté l'assurance chez les autres, la détermination, la forme la plus sournoise de l'aveuglement. En fait, il ne les a pas vendus, seulement mis en boîte au sous-sol, et j'ai pu les récupérer plus tard.

Ma décision a été perçue par mon mari et mes enfants comme un acte de lâcheté, la preuve qu'ils attendaient avec impatience pour se dire que j'étais bien celle qu'ils pensaient, que j'étais bien cette femme imprévisible, rêvant sans cesse d'échapper aux mille et une obligations de la vie, mais, à ce moment-là, je me souciais peu de leurs pensées. J'étais convaincue que ma fuite était l'aboutissement d'une longue pensée, souterraine, creusant ses tunnels depuis des années à l'insu de tous, y compris de moi-même. J'étais convaincue que la mort de ma mère m'apportait une sorte de délivrance et qu'il n'en tenait qu'à moi d'agir enfin.

C'était fini. Je ne voulais plus me préoccuper des pensées de mon mari et de mes enfants, j'avais fini de me mettre à la place des autres, de consacrer mon temps à comprendre et à faire miens leurs désirs et leurs attentes. Je pensais qu'ils m'oublieraient comme si j'étais morte, alors que je poursuivrais ma vie dans cette nouvelle ville, seule, sans attaches, me limitant à être pour les passants une inconnue de plus.

Sans jamais l'avoir su précisément, sans jamais avoir pris le temps d'approfondir cette idée, j'ai toujours été obsédée par les dérapages de la vie, ces tournants brusques et imprévisibles. Pour certains, ce sera un accident, pour d'autres, une peine d'amour, pour moi, c'était l'ennui, un ennui sans commune mesure, un ennui qui ressemblait à la maison de ma mère. À la maison de Jean.

Il était plus que temps de passer à autre chose, après quarante ans de fidélité, de soumission. J'avais toujours été fatiguée et je me rendais compte que, les derniers mois, je n'avançais plus qu'au prix d'efforts surhumains, sourire, parler, accepter mon image dans les yeux des autres, me rendait folle, le décalage était devenu si évident qu'il fallait m'échapper, avant que les autres ne paniquent devant mon silence, qu'il fallait m'éloigner avant d'avoir à subir pire encore, les tracasseries du divorce, le partage des biens, l'analyse des sentiments qui n'avaient peut-être existé que dans ma tête.

La distance n'avait pas d'importance, la ville que j'avais choisie ou qui m'avait choisie, — puisque je ne faisais que revenir sur les lieux de mon enfance —, n'est située qu'à trois cents kilomètres de celle où Jean allait lire et relire ma lettre de rupture, une lettre abrupte, surprenante, pour lui comme pour moi.

Je n'ai pas de regrets pour Jean. Nous n'étions plus au même point, nous ne l'avions jamais été. Depuis plusieurs années, Jean avait déjà recommencé sa vie dans les bras d'une autre. Je le savais, il savait que je le savais, mais il faisait mine de rien, comme si, pour lui, ces deux vies n'étaient pas irréconciliables, qu'il pouvait avec aisance passer de l'une à l'autre, sans souffrir, en demeurant le même. Ne m'avait-il pas laissé entendre, à plusieurs reprises, qu'il me laissait la même liberté, qu'il n'en tenait qu'à moi de me créer, à mon tour, une double vie? C'était sa solution à l'ennui, pas la mienne. Et je pensais que jamais je n'aurais pu maintenir deux vies parfaitement parallèles, inévitablement le mensonge et la mauvaise foi de l'une auraient contaminé l'autre.

Jean n'aura même pas eu à se poser de questions, la vie l'aura avalé à nouveau dans son sillage de peines et de joies, une vie simplifiée par mon départ. Seul l'ordre des choses aura été changé, une autre femme aura pris ma place dans notre lit, mais les activités seront demeurées les mêmes et les gestes, aussi routiniers qu'avant. Quant à mes enfants, ils avaient déjà leur vie d'adulte, bien à eux, et je savais qu'ils iraient rejoindre leur père pour discuter, lors de ces longs dîners de famille, de l'instabilité de leur mère. J'aurai fait partie de leur conversation, au même titre que les autres, les autres dont ils aiment tant raconter les déboires pour mieux les juger et s'assurer que le monde n'est pas trop hostile, pas trop différent de leurs rêves.

Le quartier n'avait presque pas changé depuis mon départ pour Montréal. Les magasins étaient toujours là, les façades étaient un peu décrépites, les noms, plus les mêmes, mais le commerce continuait.

C'était une sorte de soulagement que de me promener, seule, aux alentours de la maison, de refaire, plus de trente ans plus tard, le chemin qui m'éloignait pendant quelques heures de ma chambre. Pendant plus de dix ans, je suis passée, jour après jour, devant ces vitrines pour me rendre à l'école, le plus souvent seule, déjà sauvage dans ma jeunesse, peu bavarde, préférant observer les autres que de me mêler à leurs conversations ou à leurs jeux.

C'était le printemps et je prenais plaisir à m'attarder un peu. Pendant un moment, j'ai regardé mon image reflétée dans la vitrine, une image vieillissante. Le temps avait passé et, même s'il me semblait irréel, les marques de son inéluctable cheminement étaient bien là, sur ma peau, se mélangeant à mon regard d'enfant, un regard qui avait survécu malgré la tristesse de ma vie.

Les mannequins exhibaient déjà les collections d'été, des robes dénudant les épaules, des chapeaux pour se protéger du soleil. Je ne porterais plus jamais ce genre de robe, les vacances au bord de la mer étaient choses du passé. Je n'ai jamais aimé le soleil et Jean n'allait plus m'obliger à l'accompagner dans ses moindres déplacements. C'était déjà une marque d'insensibilité à mon égard que ces vacances choisies par lui, ma peau rougie par le soleil, ses moqueries et son obstination à me faire apprécier ce que mon corps n'a jamais pu supporter. Des caprices, il disait, ne pouvant pas imaginer qu'il puisse y avoir une autre façon de se reposer, dans la tranquillité, loin de l'agitation de la foule des travailleurs écrasés sur les plages.

Je ne sais pas comment le souvenir m'est revenu, comment il s'est glissé dans ma mémoire, mais l'image de cet homme s'est présentée avec une netteté surprenante. Je revoyais son corps un peu lourd, habillé de vêtements sombres, son regard d'enfant. C'était à l'époque, l'idiot du quartier, celui dont les enfants riaient, celui qu'ils s'amusaient à suivre jusqu'au moment où un autre jeu détournait leur attention. Mon père disait que cet homme n'était pas méchant, juste un peu attardé. Debout devant une vitrine, il récitait à haute voix les prix, une longue litanie, rythmée, qu'il ne cessait de recommencer d'une vitrine à une autre, sourd à tout le reste. Il n'y a plus de prix accrochés aux objets maintenant, c'est une pratique révolue et cet homme est sans doute mort à l'heure qu'il est, replié sur lui-même comme sur la misère de sa vie. $5.95, $8.95, $10.95, une chanson sur le prix de chaque chose, une chanson que j'aurais pu à mon tour chanter en souvenir de ma vie passée à calculer ce qu'il en coûte pour vivre comme les autres.

Tous les souvenirs s'empilent les uns sur les autres,

à la manière de papiers rangés négligemment dans une boîte. L'homme qui récite n'est pas seul, il a un ami qu'il est venu voir pendant plus d'une semaine, chaque jour, un magicien engagé par le propriétaire d'un magasin, une idée pour attirer les gens, pour mousser les ventes. Dans ma tête, ces deux hommes sont inséparables, l'un ne peut exister sans l'autre et je ne sais plus très bien lequel était le spectateur de l'autre.

Le spectacle avait lieu dans la vitrine et je me rappelle qu'il y avait foule pour chacune des représentations, des adultes, mais surtout des enfants, fascinés par cet étrange spectacle. Au début, le rideau était fermé et on entendait la voix du magicien annoncer un spectacle hors du commun et puis, le rideau s'ouvrait et on découvrait sur une table le corps sans tête du magicien et, sur une autre, la tête toute seule qui continuait à parler. Une image plus que surréaliste mais c'était une autre époque, plus naïve. Maintenant, il faut payer pour assister à ce genre de démonstration.

Je n'étais pas très vieille et j'avais peur, peur que l'homme ne retrouve jamais sa tête. Mon père riait devant l'innocence de mes questions et il tentait de m'expliquer que tout cela n'était qu'illusion. Je comprenais que ce n'était pas vrai, que l'homme n'avait pas perdu sa tête, mais la peur était là, une peur sourde et incompréhensible, qu'à trop vouloir jouer avec des choses interdites, il n'arrive finalement quelque chose de grave, d'irréversible.

Les souvenirs me rendent triste car ils sont comme l'ombre de ma vie, ils ne l'éclairent pas mais, au contraire, accentuent les côtés méconnus de mon histoire.

J'aimerais tant, comme tous les autres qui me racontent leur vie, m'accrocher à certains événements, à certaines lumières, à certains visages, j'aimerais tant retrouver en eux l'image de ma vie passée. Mais ils demeurent, tout comme mon visage, recouverts d'une sorte de brume, d'incertitude, comme si aucun d'eux n'avait la force de me redonner la part perdue de ma vie.

Au début de notre mariage, nous étions venus, Jean et moi, à Québec, pour un voyage d'agrément et pour visiter ma mère. Nous avions marché dans les rues, mais je ne m'étais souvenue de rien. On aurait dit que la présence de Jean à mes côtés agissait sur moi à la manière d'un hypnotique puissant, bloquant chacune de mes pensées, me rendant semblable à ces poupées articulées que l'on retrouve dans les magasins à l'époque des Fêtes, prêtes à sourire, à rire, à marcher.

Blanche n'a jamais beaucoup aimé Jean, le considérant imbu de lui-même et insensible. Mais je crois qu'elle aurait jugé sévèrement n'importe quel homme, qu'elle admettait mal que sa fille puisse s'attacher à quelqu'un d'extérieur à la famille. Nos rapports étaient devenus encore plus froids, plus superficiels qu'avant et, à cette époque, je me souciais peu de ce qu'elle pensait. Je croyais vivre ma vie, loin d'elle, loin de toutes les interdictions qu'elle avait cru bon m'imposer.

La naissance de mes enfants a été un grand bonheur pour elle. Elle les a tout de suite aimés, cajolés, surtout Isabelle, sa petite-fille, si vive, si drôle, à ses yeux. Elle prenait parfois plaisir à me reprocher mon manque d'autorité à l'endroit de ma fille, mais elle se taisait rapidement. Il suffisait d'un regard pour qu'elle comprenne qu'elle n'avait aucun droit de se mêler de ma vie. J'avais trop souffert de l'intransigeance de ma mère pour la faire subir à ma fille. Et j'ai sans doute été trop permissive avec Isabelle, ne faisant que réagir à l'austérité de ma propre enfance. Je le regrette maintenant car le caractère indécis d'Isabelle m'inquiète et je m'en sens en partie responsable.

***

Le souvenir de ces premiers jours passés dans la maison de ma mère est étrangement précis dans ma tête comme si ce court intervalle dans ma vie avait pris au cours du temps une signification particulière, que ma vie avait pris un tournant imprévu, malgré la persistance du brouillard assourdissant mes pensées. J'étais revenue là où s'était déroulé le début de ma vie, où s'était formé mon caractère étrange, à la fois avide de savoir et rempli de peur.

Tous les vêtements de ma mère étaient encore impeccablement accrochés dans la penderie. Je les ai jetés négligemment dans un sac, les regardant à peine. Je ne voulais rien garder d'elle. Surtout pas ces vêtements que j'avais toujours détestés car, même plus jeune, ma mère s'habillait comme une vieille femme, de robes sombres, austères.

Ma propre jeunesse est à l'image de cette austérité. Je me rappelle les premières années auprès de Jean. Je ne me préoccupais pas de mon apparence. J'achetais n'importe quel vêtement, n'importe quel bijou, me conformant au désir qu'ont les femmes, en général, d'être admirées, regardées. Je portais les nouveaux vêtements une seule fois avant de les enfermer dans ma garde-robe, déçue sans doute de ne pas avoir trouvé d'image qui me plaise.

Je remettais, à la fois soulagée et triste, mon pantalon noir et mon chandail trop grand. Selon les années, je portais les cheveux longs ou courts. Comme sans préférence. Pourtant, je savais que mon aspect négligé déplaisait à Jean.

À l'époque, il m'arrivait souvent de me promener dans les grands magasins, passant et repassant devant les étalages de produits de beauté, intimidée par les vendeuses, tentée d'acheter tel fond de teint ou tel rouge à lèvres, mais, gênée, trop indécise, je finissais par repartir les mains vides ou, au contraire, avec un sac rempli des produits que m'avait conseillés une vendeuse plus agressive que les autres. Seule à la maison, j'essayais les nouveaux produits, essayant de me créer un nouveau visage, tentant d'imiter les gestes des autres femmes, avant d'abandonner, saisie par l'évidence de l'inutilité de tous mes efforts, que cela ne servait à rien, que je serais toujours celle à la robe froissée et au visage qui luit.

Aujourd'hui, je prends davantage soin de moi, mais il est trop tard. Trop tard pour reconnaître que ma négligence est à l'origine de ma maladie, tout comme cette inconscience qui m'habite, cette façon que j'ai de me mouler aux autres, de m'éteindre à leur contact.

Un matin, Jean m'a téléphoné. Il disait qu'il ne comprenait pas. Il parlait d'une boutade, ne pouvait pas croire que j'aie pris vraiment la décision de le quitter. Il attendait mon retour. Je l'ai senti ébranlé par ma détermination, une attitude qui ne cadrait pas avec l'image qu'il avait de moi. Il pensait que la mort de ma mère m'avait perturbée, et que, dans quelques semaines, j'aurais retrouvé ma raison. Je n'ai pu que lui répéter que mon geste était définitif, que c'était fini, que, jamais, je ne retournerais vers lui. Il m'a demandé de réfléchir.

Réfléchir! Je ne faisais que cela et chaque jour qui passait confirmait mon choix. Peut-être n'aimait-il pas vraiment sa maîtresse, peut-être avait-il besoin de maintenir ses deux vies parallèles, que l'une ne pouvait survivre sans l'autre? Il allait bien falloir quand même qu'il se décide car je ne retournerais pas auprès de lui. Je devais le forcer à faire un choix et il devait détester cela.

Après le téléphone de Jean, j'ai repensé au voyage en train m'amenant au chevet de ma mère. J'avais l'impression qu'il s'était écoulé une éternité depuis ce jour. Pour la première fois, j'étais sortie de ma réserve habituelle. Comme d'habitude, ma voisine avait voulu engager la conversation pour rompre l'ennui du voyage. C'était une femme dans la cinquantaine, une bavarde comme tant d'autres. Ignorant le livre posé sur mes genoux, elle s'était mise à me parler de ses enfants. Après quelques minutes, je lui avais dit sèchement d'arrêter de parler, que ma mère était mourante. Et je m'étais mise à pleurer à chaudes larmes. Elle ne s'attendait pas à cela et elle s'est excusée, a posé pendant quelques instants sa main sur la mienne, me disant que tout irait bien. Elle a respecté mon silence pendant tout le trajet, me regardant parfois du coin de l'œil. Mais les larmes

s'étaient arrêtées, aussi brutalement qu'elles avaient
commencé.

Je me suis réveillée ce matin terriblement angoissée. Aurais-je le temps de terminer ce que j'appelle mes mémoires avant que le silence ne me reprenne en son sein? Aurais-je le temps et la lucidité qu'il faut pour aller jusqu'au bout? Rien d'autre ne m'intéresse. Plus j'avance dans cette histoire et plus les mots semblent se dérober, dessiner sous mes pieds des trappes cachées, des portes qui demeurent closes.

J'ai rêvé de Jean cette nuit, un rêve atroce. J'étais enfermée dans une cave, attachée à un lit. Seule une faible lueur me provenait d'une fenêtre. J'entendais des pas au-dessus de moi, une voix d'homme, et j'avais peur. Et puis la porte s'ouvrait et Jean était là, à me regarder froidement. Il était à peine reconnaissable, le visage comme étiré. Je savais qu'il me laisserait là aussi longtemps qu'il le voudrait, que j'étais sa prisonnière.

Je n'aurais pas dû regarder ce film à la télévision, mais je n'arrivais pas à dormir et je m'ennuyais, un ennui sans visage, un ennui d'une personne que je ne connais pas. Jacques dormait dans notre chambre, loin de moi, loin de ces pensées qui me tiennent éveillée.

Je ne lui ai pas raconté mon rêve, car j'ai honte,

honte de toutes ces images qui me hantent depuis si longtemps, des images violentes liées à l'amour, des images où je me vois soumise aux pires fantaisies des hommes, condamnée à n'être que l'objet de leur désir. Comment peut-on raconter à l'homme qu'on aime de telles pensées, comment, sans avoir peur de perdre son amour?

C'était un film de peur, un suspense avec un déséquilibré qui menace toute une famille. Le genre de film que j'ai toujours évité, trop sensible à la folie. Combien de fois il m'est arrivé, au cours de ma vie, d'être brutalement mise en contact avec la folie. C'est sans doute ce que l'on appelle une attirance inconsciente. Je n'ai jamais eu beaucoup d'amies, mais je m'attachais toujours aux plus excessives, celles qui avaient des vies particulières, comme fascinée par ce qui se passait dans leur famille.

Lorsque j'étais à l'école secondaire, j'avais une amie: Marie. Sa mère souffrait de dépression, avec des phases violentes. Ses enfants et son mari ont dû la faire hospitaliser à plusieurs reprises. Et, comme j'étais l'amie de Marie, je l'accompagnais parfois à l'hôpital.

Un jour, la mère avait essayé de tuer un de ses fils alors qu'il dormait. Marie avait crié juste à temps pour empêcher l'irrémédiable. Son frère s'était réveillé, le couteau brandi au-dessus de lui, et il avait réussi à maîtriser sa mère en pleine crise.

Il y a des gens qui attirent les fous, et c'est mon cas. À l'hôpital psychiatrique, alors qu'ils étaient indifférents à Marie, ils s'approchaient de moi, me parlaient, un discours décousu que je ne comprenais pas. Et ils me regardaient, avec ce regard perdu, sans frontières. Encore aujourd'hui, dans la rue, les vagabonds m'arrêtent souvent pour me parler, me demander de l'argent. Eux aussi, je les attire, comme si, entre ma vie et la leur, il existait un lien ténu, presque invisible, mais pourtant bien réel.

De retour à la maison, la mère de Marie reprenait sa place dans la chaise berçante et le seul signe rappelant la violence de ses crises était le tremblement continuel de sa main droite. Je regardais souvent sa main et j'aurais tant voulu qu'elle s'arrête quelques instants, que s'atténue la tension qui la faisait bouger sans cesse.

Quelques années plus tard, au cégep, j'ai rencontré Sylvie, portée à tous les excès, attirée par le danger. Moi qui étais calme et peureuse, pourquoi avais-je tant besoin de la compagnie de ces femmes troublées? Sylvie parlait parfois du noyau noir qu'elle portait en elle, tout près de son cœur, un noyau noir sur lequel venaient se briser les mots, un noyau noir fait d'une tristesse intraduisible. Elle parlait, décrivait sa peine, puis, tout à coup, se mettait à pleurer, envahie par ce qu'elle appelait le roc du silence. Pas d'images, pas de mots, seulement une tristesse à fendre l'âme, sans retour possible vers le havre des souvenirs.

Longtemps, je me suis demandé ce qu'elle était devenue, elle qui a mis fin à notre amitié de manière si abrupte. Avait-elle oublié son noyau noir, peut-on vraiment oublier le fond obscur de la tristesse, ou faire semblant jusqu'au prochain déchirement? J'avais l'impression qu'elle se retranchait derrière l'idée du noyau noir pour éviter d'avancer plus avant dans la confusion de ses pensées, mais ce n'était pas cela, je n'aurais pas dû lui laisser entendre ma méfiance car, ne suis-je pas, à mon tour, habitée de la même idée que j'ai beau parler, aligner les mots, aucun d'eux n'entame le roc du silence.

Le silence de cette femme attachée à un lit, prisonnière, soumise à un geôlier au visage indistinct, est-ce le mien, est-ce mon vrai visage? Il est étrange qu'après avoir vécu si longtemps avec le même homme, les souvenirs soient aussi pauvres. En fait, ma vie avec Jean se résume à une seule image. Le reste importe peu. Tous les événements, tous les jours passés auprès de lui sont liés à cette image, indissociables d'elle.

Jean, lorsqu'il entrait dans notre maison, ne me voyait pas. Il jetait un regard rapide sur l'ensemble du décor comme s'il avait voulu reprendre possession de son univers. Il vérifiait qu'en son absence rien n'avait été déplacé. C'était des minutes très angoissantes pour moi car je craignais toujours qu'il ne se fâche, qu'il ne me reproche d'avoir bouleversé à son insu l'ordre qu'il avait mis tant de soin à établir. Une fois cette vérification terminée, je recommençais à exister pour lui. Il reprenait le visage que je lui connaissais, me parlait, me demandait ce que j'avais fait de ma journée.

Je crois qu'il se méfiait, qu'à ses yeux, les femmes étaient des menteuses ou des voleuses. J'ai toujours su ce qu'il pensait de moi et j'ai vécu avec lui parce que j'adhérais à ce sentiment: j'étais une menteuse, chronique, comme une enfant qui ne peut se satisfaire de la vérité. J'inventais des histoires, parfois il s'agissait de détails insignifiants, d'autres fois, je me laissais porter par des mensonges plus importants, plus risqués, touchant le domaine défendu des sentiments.

Entre Jean et moi, il y avait une sorte d'entente tacite. J'acceptais de ne rien déplacer dans son univers et il acceptait ma présence.

Si je déplaçais un objet, il s'en apercevait toujours. Je le sentais à la manière dont il me regardait comme s'il m'avait devinée. Quelle étrange impression! Lorsqu'il me prêtait ses livres, je devais les replacer exactement à la place qu'il leur avait assignée dans sa bibliothèque. C'est un peu comme si tout ce qui lui appartenait était relié à lui par une corde, une corde qu'il pouvait tirer à tout moment pour les ramener vers lui. Sans m'en rendre compte, je n'avais fait que ronger la corde qui me reliait à lui, et cela à partir du jour de notre rencontre.

En présence des autres, c'était un homme brillant, intéressant. On aurait dit qu'il s'animait comme une marionnette dès qu'une personne passait le seuil de notre maison. Seul avec moi, il était plutôt distant, préoccupé. Peut-être est-ce pour cela que je ne regardais jamais directement son corps. Je le regardais dans les yeux ou je regardais ailleurs. J'ai du mal à me souvenir de son corps nu comme si aucune image d'intimité ne s'était imprégnée en moi. Le monde du sexe était un monde parallèle à celui de la vie courante. En dehors de l'amour, il n'y avait pas de gestes de tendresse entre nous, pas de baisers, pas d'étreintes subites.

On aurait dit qu'une autre femme habitait avec nous, une femme invisible dont la présence empêchait tout élan de tendresse. Jean n'était pas heureux avec moi et sans doute rêvait-il d'une autre femme, différente. D'ailleurs, il a dû me tromper très tôt, après notre mariage. Me tromper dans une indifférence totale.

J'ai souvent rêvé que notre maison s'effondrait, que les planchers se fissuraient sous mes pieds et que je devais m'accrocher aux meubles pour ne pas tomber. Dans ce rêve, j'entendais Jean rire à l'autre bout de la pièce. Une femme était auprès de lui, une femme dont je ne voyais pas le visage.

Je vivais sous surveillance comme j'avais vécu sous la surveillance de ma mère. C'était là la vraie forme de continuité, l'impression d'être emprisonnée dans l'univers d'une autre personne. Bien sûr, les hommes ne sont pas tous comme Jean mais longtemps je me suis demandé si je pourrais connaître une autre relation, plus harmonieuse. Avec Jacques, c'est plus facile, mais je ne lui dis pas tout, je ne lui parle pas de toutes mes angoisses. Et nous nous connaissons depuis peu.

Il n'est pas facile de sortir de l'ombre car, après tout, elle présente certains avantages, une protection sûre contre les faux espoirs. Mais je ne veux pas mourir dans l'ombre d'une autre, sans avoir extirpé de moi une douleur qui ne m'appartient pas. J'aurais dû en parler plus tôt, j'aurais dû ne pas respecter à mon tour le silence de ma mère.

Je le sens bien, tout ce que je décris, toutes ces petites histoires demeurent en deçà du silence. Je ne parviens pas à m'approcher vraiment du centre de l'histoire comme si les mots, leur agencement dans ma tête, le recours inlassable au mot «comme» était la marque de cette distance infranchissable. Je n'ai pas vraiment d'espoir de franchir cette limite et peut-être n'est-ce pas aussi dramatique que je le crois. Après tout, ma vie est une longue comparaison, la recherche des liens qui m'ont tant manqué, des images depuis trop longtemps effacées.

J'ai l'impression d'être enfouie sous les feuilles mortes, de devoir dégager mon corps de la terre humide et des odeurs d'outre-tombe. Et je puise dans l'amour que Jacques ressent pour moi la force de ne pas succomber à cette idée de la fatalité, cette idée qui pèse sur ma vie depuis trop longtemps. J'avais besoin de l'intimité qu'il m'offre pour briser l'amertume des mots, pour les laisser errer comme ils le veulent, sur tous les chemins, indifférents à la peur comme à la convoitise. J'avais besoin qu'il soit près de moi, dans cet amour, qu'il pose sur moi ce regard à la fois curieux et tendre, un regard qui donne aux choses l'épaisseur de la vie.

Ma vie se résume, tient en quelques lignes, en quelques mots, et, dans cet espace en apparence réduit, je retrouve la force de penser. Cela m'aura pris du temps, tellement de temps, pour simplement accepter cette évidence: je ne peux plus éviter ces chemins d'ombres et de silence, ma vie est liée à cette nécessité presque organique et, je le sais depuis peu, je l'ai appris avec une telle brutalité, que le seul but capable de me maintenir encore vivante est précisément ce désir ancien, presque ancestral, de reconnaître l'ignorance qui pèse sur ma vie. J'avance, le cœur faible, en inscrivant une à une les phrases qui se détachent de la masse inerte de mon passé.

Et j'ai peur. Toute ma vie, j'ai manqué de courage. J'ai toujours cru qu'on m'avait caché quelque chose et que ce silence avait empoisonné ma vie, avait fait de ma pensée une errante, sans attaches. Sans doute ma mère a-t-elle voulu me protéger, mais elle n'a fait que m'exposer davantage à la peur et au côté dérisoire du monde. Comme on l'avait fait pour elle, il y a bien long-temps.

***

La session dernière, il y avait, dans l'une de mes classes, une étudiante particulièrement douée: Maude. Tout de suite, elle m'a rappelé Sylvie, ma plus grande amie, celle qui m'a accompagnée pendant la période la plus étrange de ma vie: l'adolescence. Maude a le même regard que Sylvie, la même fièvre et je m'étonnais toujours de la profondeur de ses analyses, de la précision avec laquelle elle savait cerner les motivations des personnages, la construction parfois étonnante des récits. En fait, elle est bien meilleure que moi et je ne doute pas qu'elle vivra toute sa vie dans l'univers des livres, moi qui les ai un peu délaissés ces derniers temps, pré-occupée presque uniquement par cette histoire.

Pendant les deux années où j'ai été l'amie de Sylvie, tant de choses ont changé dans ma vie. À travers elle, j'ai découvert un monde que je ne voulais pas voir, un monde dangereux et hostile, un monde où il fallait sa-voir prendre sa place pour survivre. Sylvie est morte maintenant, morte d'une overdose d'héroïne. J'ai appris son décès par hasard dans le journal, il y a quelques an-nées. Elle me manque. J'aimerais tant pouvoir aujourd'hui lui parler, lui expliquer l'étrange sentiment qui m'habite, que sa violence n'était qu'illusoire, qu'elle était avant tout une femme, tout comme moi, sans image.

Nous avons passé tant de temps ensemble, à discuter, à nous promener dans la ville, retardant le moment où nous allions devoir rentrer l'une comme l'autre dans nos familles. Parfois, il nous arrivait de retarder encore un peu plus ce moment. Comme cette nuit-là, où nous étions allées voir les chutes Montmorency.

C'était l'automne, une nuit de pleine lune. J'avais dix-sept ans. Nous avions pris le dernier autobus. J'entends encore le fracas des chutes. Ces chutes auraient dû m'être familières puisque j'y venais déjà avec mon père lorsque j'étais enfant. Mais c'était le jour, pas la nuit. Et la présence de Sylvie suffisait à changer une situation banale en véritable aventure.

J'aurais dû me méfier de la témérité de Sylvie, de son besoin de sensations fortes. Elle voulait traverser le pont qui enjambe la rivière, un pont un peu décrépit, avec une voie ferrée. Je me rappelle m'être demandé, l'espace d'un instant, si les trains passaient encore par là, mais je n'ai rien dit, de peur que Sylvie ne rie de ma couardise.

Elle m'appelait: «Viens, suis-moi!» J'entends encore sa voix au-dessus du grondement de ces chutes, une voix fragile et forte à la fois.

Je me rappelle de la peur, du vertige. Je devais me concentrer sur chacun de mes pas car les planches étaient pourries. Au-dessous, la rivière grondait. Parfois, il fallait faire un grand pas car l'espacement entre les traverses de bois était inégal. Je regardais Sylvie s'éloigner de moi, portée par son ivresse. On aurait dit qu'elle dansait, touchait à peine les planches, s'envolait de l'autre côté en chantant. Moi aussi, j'avais bu, mais l'effet de l'alcool s'était dissipé. Je ne voulais pas mourir, pas cette nuit-là, et surtout pas parce que j'avais choisi une telle amie.

Suspendue entre ciel et terre, je fixais Sylvie. Avec sa chevelure noire ondoyant au vent, elle ressemblait à ces femmes japonaises qui ont exercé sur moi, très tôt, une étrange fascination. Ces femmes au visage imperturbable sous un maquillage savamment étudié. Comme j'aurais aimé leur ressembler, avoir leur pâleur et leur immuabilité.

Pourquoi Sylvie m'avait-elle amenée ici? Elle savait pourtant que j'étais peureuse, pas comme elle. Il me semblait entendre le bruit du train mêlé à celui de la chute. Le choix entre mourir écrasée ou mourir noyée. Si le train était arrivé, je n'aurais pu que sauter, l'espace sur les côtés étant trop étroit pour espérer s'y réfugier. Mais j'étais folle, il était impossible que les trains empruntent encore ce pont. Je dramatise encore et Sylvie avait raison de rire de moi.

J'ai honte encore aujourd'hui de ma peur mais, ce jour-là, j'ai détesté Sylvie. J'avais l'impression que cela ne finirait jamais. Elle n'était plus qu'un point à l'horizon. Elle m'appelait et son cri ressemblait à une longue supplication. Elle devait commencer à comprendre que le danger était bien réel. Mes jambes étaient de plomb. Je voulais rester là, je voulais l'obliger à venir me chercher. Je voulais qu'elle prenne ma main, je voulais qu'elle me sorte de là. Elle ne l'a pas fait.

Je n'ai pas dominé ma peur. Je me voyais tomber lentement, me rapprocher du grondement de l'eau comme un ange qui n'arrive plus à s'envoler. Et je pensais à ma mère, stupéfiée par la nouvelle. Que faisait sa fille sur ce pont à une heure aussi tardive? Sa fille, morte à dix-sept ans! Comment Sylvie allait-elle pouvoir expliquer? Je ne voulais pas décevoir mon amie mais fallait-il que je meure pour lui faire plaisir? Comme tout cela est idiot! On aurait pu aller se promener sur le promontoire et regarder les chutes comme tout le monde le fait. Mais elle n'aurait pas été heureuse. Il fallait risquer sa vie. Il fallait vivre, comme elle le disait.

J'avais l'impression de ne pas avancer mais, pourtant, mes jambes bougeaient. Les planches pourries pliaient sous mes pas. Dans une seconde, une planche allait céder et Sylvie allait regarder mon corps tomber, tomber, toucher l'eau glacée qui me tuerait.

Je ne suis pas tombée. J'ai atteint l'autre côté. Je peux encore raconter cette histoire, mais je suis marquée, marquée par cette nuit. Je vis depuis toujours avec cette image au fond de moi. Je tombe lentement, touche l'eau et mon corps est entraîné par le courant.

Durant des jours, on cherche mon corps. Ma mère interroge Sylvie mais elle n'obtient aucun aveu. Sylvie assiste à mes funérailles. Elle pleure en silence. Je suis morte, endormie dans les entrailles du fleuve Saint-Laurent. Ma vie s'est arrêtée là. Je n'aurai jamais d'enfant, jamais d'amoureux. Sylvie, elle, aura une vie, une vie où je ne serai plus là.

Pourquoi ai-je accepté de la suivre? Pourquoi me suis-je soumise à un tel danger? Je voulais être auprès d'elle. Je voulais l'accompagner partout où elle irait, ne pas la laisser seule. Mais c'est moi qui étais seule. Et je le suis restée. Après cette soirée, notre relation s'est étiolée lentement. Je l'avais déçue. J'avais compris qu'elle ne se souciait pas vraiment de moi, qu'elle n'avait aucune idée de ce que j'étais.

La perte de Sylvie a créé un grand vide dans ma vie. Et, dans ce vide, les hommes sont apparus, plus rassurants que les femmes, mais aussi plus décevants.

Sa violence intérieure aura eu raison d'elle. Déjà, adolescente, elle posait des gestes fous, inutiles. Je regardais souvent ses mains dont elle avait brûlé la peau délicate avec une cigarette, pour rien, juste pour sentir, comme elle le disait, la douleur. Elle voulait échapper à l'ennui de sa vie et elle y a échappé. Souvent, il m'arrive de pleurer en pensant à elle. Les larmes surgissent comme un torrent et je m'effondre sur le lit en me demandant ce qui me manque à ce point.

Jusqu'à ce jour, je n'avais jamais raconté ce souvenir à personne. Sylvie! Je l'aurais suivie n'importe où. À mes yeux, elle avait le charme qui me manquait, cette intensité qui faisait que tous les garçons se tournaient vers elle, admiraient son visage, sa force de caractère. Je l'ai perdue de vue lorsque je suis partie pour Montréal. Je n'ai jamais parlé à Jean de nos incartades, il les aurait jugées puériles comme tout ce qui ne ressemblait pas à sa vie. Et pourtant, elles sont les moments les plus intenses de ma vie. Les moments où j'aurais pu comprendre, à travers la folie de cette femme, à travers l'attirance que je ressentais pour elle, la déroute de mes propres pensées. Je n'ai pas d'instinct suicidaire mais je crois, qu'au fond, je suis encore sur ce pont, à attendre que quelqu'un me donne la main.

**

Ma mère n'a jamais rien su de ma vie trouble, de toutes ces expériences que j'ai faites, adolescente, de toutes ces amies que j'ai eues et qui m'ont fait connaître un autre monde. Je crois qu'elle se doutait de ma vie plutôt débridée mais qu'elle préférait fermer les yeux, ne pas me questionner de peur de découvrir ce qu'elle n'aurait pas su comprendre.

Les mères ont de terribles intuitions. Peut-être est-ce le lien du sang mais elles devinent parfois le malheur de leurs enfants sans parvenir à lui donner une forme précise. Même Blanche à qui j'ai tant reproché son indifférence!

Je me souviendrai toujours de ce jour où elle était venue me voir dans ma chambre. J'étais épuisée. J'avais passé la nuit précédente chez Sylvie et nous avions fumé du haschich, beaucoup de haschich. L'effet n'était pas encore complètement dissipé et je suis certaine que ma mère avait vu dans mes yeux cette lueur étrange. Elle m'avait regardée tristement et, après quelques minutes d'hésitation, elle m'avait dit qu'elle avait rêvé de moi pendant la nuit, que j'étais malade et que je l'appelais. Je ne savais pas quoi lui dire. Je l'ai réconfortée du mieux

que j'ai pu, lui disant que tout allait bien, essayant de
lui cacher les heures pénibles de la nuit précédente, des
heures où j'avais eu peur, où j'avais tremblé, ne sachant
pas quand l'effet de la drogue allait se dissiper. Je voyais
bien qu'elle était troublée, que son rêve avait réveillé
son instinct protecteur. Sa fille était en danger de mort
et il fallait qu'elle fasse quelque chose.

Je n'ai plus repris de drogue après cette journée-là.
De toute façon, je ne le supportais pas. Mon esprit était
trop fragile car, au contraire de mes amis qui semblaient
y trouver une sorte d'euphorie, d'apaisement, je ne trouvais que solitude et agitation.

Blanche avait peur pour moi et sa peur lui donnait
peut-être une certaine sensibilité à mon endroit, lui per-
mettait parfois de discerner l'étrangeté de mon comportement.

Un soir, alors que je rentrais à la maison, un homme
m'avait suivie. Il avait réussi à se rapprocher de moi,
même si j'avais essayé d'accélérer le pas. Heureusement,
j'étais tout près de la maison lorsqu'il a touché mon
épaule. J'ai crié: «C'est ma maison.» Et il s'est enfui. J'ai
eu si peur, car je suis certaine qu'il voulait me violer,
me faire du mal.

Je suis entrée dans la maison, tout essoufflée. Je
devais être livide. Ma mère est venue vers moi, réveillée
par le bruit de la porte. Et elle m'a regardée. J'étais incapable de parler. Elle m'a prise dans ses bras, m'a serrée très fort comme si elle avait su précisément ce qui
s'était passé. Je me suis dégagée et je me suis enfermée
dans ma chambre. Le lendemain, nous n'avons pas re-

parlé de ce moment mais j'ai su, en la regardant, qu'elle avait su imaginer la scène, sentir le danger sur la peau de sa fille.

Je pensais alors que cette sensibilité était propre à ma mère mais j'ai découvert très vite, après la naissance d'Isabelle, que c'était là la nature des mères, de pressentir les dangers, de vouloir protéger leurs enfants de toute violence. De toute violence extérieure, la violence intérieure demeurant inaccessible, même pour les mères.

Combien de fois, j'ai dû consoler Isabelle pour la méchanceté des autres enfants, ma petite fille si fragile face aux commentaires désobligeants des autres. Combien de fois, alors qu'elle grandissait, j'ai craint pour elle la violence des hommes et les déceptions amoureuses. Mes inquiétudes n'auront servi à rien puisqu'Isabelle poursuit sa vie telle qu'elle l'entend, loin de moi, loin de toutes ces pensées dont elle ne soupçonne pas l'existence.

Je ne crois pas l'avoir beaucoup aidée, car Isabelle, tout comme moi, n'admet aucune intrusion dans sa vie. Mais l'inquiétude existe tout de même et rien ne peut l'atténuer.

Je me souviens d'un rêve qu'Isabelle m'avait raconté alors qu'elle n'avait que cinq ans. Un cauchemar qui m'a hantée longtemps. Je ne cessais d'y penser lorsqu'elle était à l'école. Je l'imaginais, comme dans son rêve, perdue dans les rues de la ville, marchant, si petite, parmi les étrangers. Elle voulait aller retrouver son père à son travail et elle était sortie de la maison sans que je m'en aperçoive. Et elle s'était perdue dans la ville. Elle m'avait dit: «J'ai eu si peur, maman!» Après avoir beaucoup marché, elle s'était retrouvée chez sa grand-mère paternelle. La grand-mère l'avait ramenée au bureau de son père en automobile.

Penser que ma petite fille puisse être perdue, seule dans la ville, qu'elle ait pu avoir l'idée de partir de la maison avait réveillé en moi une grande peur. J'avais tenté de lui expliquer qu'elle était trop jeune pour s'éloigner seule de la maison, qu'il ne fallait pas faire cela dans la réalité. Elle avait ri en me disant: «Mais, c'est un rêve, maman.»

Pour moi, c'était plus qu'un rêve. C'était l'image même de la peur, de la solitude de l'enfant. De l'enfant qu'elle était et que j'avais été.

J'ai rencontré Jacques pendant mon séjour à Québec. Tous les jours, sans doute pour échapper pendant quelques heures à l'atmosphère étouffante de la maison, j'allais à la bibliothèque du quartier. Une sorte de pèlerinage pour moi.

J'avais besoin de retrouver l'univers des livres, mon univers. J'ai reconnu tout de suite la beauté de ce lieu où je venais avec mon frère. Mon amour des livres est né dans cet espace silencieux. Des rangées de livres, le silence et puis, le calme des lecteurs isolés les uns des autres. À l'époque, je n'avais pas le droit de franchir la porte séparant la section des jeunes de celle des adultes, une porte de bois vitrée qui représentait pour moi le seuil d'un autre monde, attirant et inquiétant à la fois. Il y a bien longtemps que j'ai franchi cette porte et le seul monde inquiétant que j'ai trouvé, c'est celui des livres.

Pendant la journée, il y avait peu de monde, des habitués venus lire les journaux, des femmes pressées qui empruntaient les romans à la mode. Le bibliothécaire n'était plus le même. Lorsque j'étais enfant, c'était un homme âgé et il avait dû prendre sa retraite depuis plusieurs années déjà. Le nouveau bibliothécaire m'a regardée du coin de l'œil, une nouvelle lectrice représentant, dans ce petit univers fermé, un événement en soi. Un homme entre deux âges, comme Jean. Une allure plutôt sévère avec son complet marine, ses cheveux grisonnants. Il m'a souri en remplissant ma carte d'abonnement. Mon premier contact depuis ma fuite. Mes premiers mots depuis mon départ: mon nom, mon adresse.

J'ai choisi quelques livres, mes premières découvertes littéraires, Artaud, Virginia Woolf. Et puis, je me suis assise tout près d'une fenêtre et j'ai observé du coin de l'œil le bibliothécaire. Un homme discret, un peu effacé, avenant pour ses clients. Il devait connaître tous les habitués et ma présence devait l'intriguer. J'essayais d'imaginer ce que pouvait être sa vie. Une vie rangée, marié et père de quelques enfants. Sans drames, sans passions excessives. Pourtant, au coin des yeux, des rides profondes tranchaient avec l'ensemble de son visage. Peut-être sa vie avait-elle basculé tout comme la mienne, peut-être était-il seul après avoir beaucoup aimé? Je ne le saurais jamais. J'avais l'impression que je ne pourrais plus jamais avoir de conversation avec quelqu'un, que les mots étaient dorénavant passés du côté du secret, de l'isolement. Et il m'était étranger, et comme tous les étrangers, il me faisait peur.

Je m'apprêtais à partir lorsqu'il est venu près de moi. Il m'a demandé si j'avais besoin d'aide pour choisir mes livres. Je l'ai remercié et, je ne sais pas trop pourquoi, je lui ai dit que j'étais professeur de littérature, que je connaissais bien les livres. Il m'a souri et m'a dit qu'il aimait beaucoup Virginia Woolf. C'était ce que l'on appelle un début de conversation mais je me sentais maladroite et j'ai mis fin rapidement à cet échange en le remerciant pour son aide.

C'est drôle comme un regard peut suffire à faire exister quelqu'un, car, de retour chez Blanche, j'ai pensé à cet homme, à ses yeux à la fois curieux et discrets. J'ai pensé à cet homme comme à un ami que je pourrais avoir, une présence dans l'immense solitude de cette ville. Il faut croire que mes appétits romantiques n'étaient pas complètement éteints, que j'avais encore besoin de m'accrocher à ces rêveries qui font que la vie se poursuit. De petits détails qui brisent, pendant quelques instants, l'isolement.

Tous les jours, je suis retournée à la bibliothèque, ce havre de paix où je n'étais connue de personne, où j'étais semblable à tous ces lecteurs anonymes venus, pendant quelques minutes, oublier leur vie, leurs préoccupations. Je suis devenue une habituée, un visage familier. Mais je ne lisais plus avec la même attention qu'avant. Les jours qui passaient ne m'apportaient pas la quiétude rêvée et l'angoisse me tenaillait. Il allait bien falloir que je décide de ma vie, un jour ou l'autre.

Une journée, je suis restée jusqu'à l'heure de la fermeture et le bibliothécaire et moi, nous nous sommes retrouvés dehors au même moment. Après un instant de gêne, il m'a demandé où j'allais et, comme nos deux maisons étaient du même côté, nous avons fait quelques pas ensemble.

Il m'a dit son nom: Jacques Levasseur, qu'il travaillait à la bibliothèque depuis cinq ans. Je ne sais pas pourquoi mais, après avoir échangé quelques banalités, je me suis mise à lui parler de la mort de ma mère et de mon séjour imprévu dans cette ville. Il m'écoutait sans ressentir le besoin de parler de lui, sans m'interrompre pour ajouter quelque détail sur sa propre vie. C'était si différent de ce que j'avais connu. J'avais l'impression qu'il me ressemblait un peu, qu'il était habitué à écouter les autres, à s'effacer pour laisser la place aux confidences.

Un étranger. Un étranger à qui je parlais de la dernière semaine de ma mère, si pénible. Du coma, de son silence irrémédiable. Jamais elle n'avait repris conscience. Le cerveau avait été endommagé de manière irréversible par l'attaque cardio-vasculaire. Plus d'espoir que de contempler ce corps immobile, perdu à jamais. Plus d'espoir de se faire entendre, de dire l'amour perdu, l'amour tant désiré. Et j'ai parlé de mon impuissance devant elle, de ma peine, de ma vie qui s'est effondrée à ce moment-là. Du mensonge que je ne pouvais plus supporter. De ma peur de finir comme elle, dans le même silence. C'est pourquoi j'étais partie, j'étais venue ici reprendre pied dans ma vie. J'étais partie loin d'un homme qui me brouillait la vue.

Nous nous sommes quittés juste en face de la maison de Blanche. J'aurais voulu l'inviter à entrer mais la pudeur m'en a empêchée. J'avais déjà trop parlé et je me demandais ce qu'il pouvait penser de moi, de cette femme qu'il ne connaissait pas et qui osait ainsi lui parler de sa vie. Il m'a dit: «À demain.» Et j'ai compris qu'il m'attendrait à la bibliothèque, que j'avais touché quelque chose en lui.

J'étais surprise de l'intérêt que me portait cet homme. L'isolement avait-il changé mon visage? Pourquoi s'intéressait-il à moi, moi qui me suis toujours perçue comme une femme effacée, sans grands attraits?

Faut-il croire que la peine et le désarroi me rendaient plus visible qu'avant? Plus présente?

J'étais heureuse de lui avoir parlé, le fait de raconter la mort de Blanche à quelqu'un qui ne la connaissait pas l'avait rendue plus tangible, en avait fait un événement extérieur, presque banal. Et je ressentais enfin la force d'habiter cette maison, de toucher les choses ayant appartenu à ma mère.

***

Le reste est venu tout seul. Nous nous sommes vus tous les jours et, lentement, j'ai appris sa solitude, sa déception face aux femmes. Il avait été marié deux fois, et deux fois, ses espoirs avaient été détruits. Il m'accompagnait maintenant dans mes promenades. Je me considérais comme en convalescence et il était un ami à qui je pouvais parler.

Je passais mes journées à me promener aux alentours de la maison, à découvrir les restaurants, les petits cafés, à observer les habitués pour finalement revenir me coucher sur mon lit, dans ma chambre de jeune fille. Un tel désœuvrement! L'impression d'être délivrée de l'étouffement que ma vie tranquille et organisée avait exercé sur moi.

La proximité du fleuve avait un effet réconfortant, car son souvenir était antérieur à ma vie avec Jean et la pensée qu'il serait là, bien après moi, pour calmer les angoisses des autres hommes, des autres femmes égarés comme moi dans leur vie, était une source de réconfort dans mon errance.

Hormis la sœur de ma mère, je n'avais plus de famille dans cette ville. Mes deux parents étaient morts et mes frères s'étaient exilés loin d'ici. Il restait bien sûr la possibilité de rencontrer quelques anciens amis, datant de l'époque de mon adolescence, mais comme ils auraient changé et moi aussi, je comptais sur ces minutes d'hésitation pour m'enfuir avant qu'aucune parole ne soit échangée. Et puis on ne sait jamais ce que deviennent les gens, certains étaient peut-être déjà morts, d'autres malades, ou à peine reconnaissables, tant la vie a le pouvoir de déformer les visages, d'uniformiser les ambitions.

Je pouvais rester des heures assise sur un banc près du fleuve. La température était douce et la ville n'était pas encore envahie par sa nuée de touristes. Pourquoi avais-je quitté Québec, pourquoi m'étais-je enfuie, préférant l'anonymat de Montréal? J'étais jeune. Je voulais étudier dans une université plus prestigieuse et ma vie, aux côtés de mes parents, me semblait trop terne, aux antipodes de mes rêves.

Un soir, après avoir beaucoup marché, Jacques et moi, nous nous sommes assis sur un banc pour regarder la ville illuminée. Je me sentais calme, comme arrivée au bout de ma course. Irrésistiblement, je me suis rapprochée de lui, j'ai appuyé mon épaule tout contre la sienne, tout doucement, comme deux vieux amis savourant leur intimité. Il a passé son bras autour de ma taille, respectueux encore de cette infime distance nous séparant encore. Et nous nous sommes embrassés, attentifs déjà devant la mécanique du désir.

J'étais conquise, mais j'avais peur de le décevoir,

qu'après tant d'années, mon corps ne se rappelle plus
les gestes de l'amour.

Jacques m'a prise avec passion. Je n'osais pas lui
dire que cette violence me faisait peur. J'aurais dû parler à ce moment-là, lui confier ma peur. Mais je n'ai pas
osé. Et là encore le mensonge a commencé, un tout petit mensonge mais suffisant pour entraîner les autres.

Quelques mois plus tard, j'ai vendu la maison de
Blanche et je suis allée vivre avec Jacques. Une nouvelle vie. La chance me souriait. J'ai trouvé presque tout
de suite un nouvel emploi au Collège Sainte-Foy. Et j'ai
repris mes cours de littérature.

Pendant deux ans, la vie a été douce, différente,
pleine de tendresse mais je gardais pour moi le secret
découvert dans la maison de Blanche.

Je me demande si j'ai bien fait d'ouvrir la boîte qui se trouvait au fond de la garde-robe de Blanche. Je m'étais enfin décidée, encouragée en cela par Jacques, à mettre de l'ordre dans les affaires de ma mère. Je ne pouvais rester éternellement dans cette maison et la perspective d'aller vivre avec Jacques commençait à devenir plus réelle.

C'était une vieille boîte à chapeaux, un peu défraîchie. Elle ne contenait que des papiers, des lettres entourées d'une ficelle et une enveloppe blanche. C'était la première fois que je les voyais. Je suis descendue à la cuisine et je me suis fait une tasse de thé, essayant de réprimer ma curiosité, me demandant si j'avais vraiment le droit de lire ce qui ne m'appartenait pas.

Et j'ai lu les lettres que mon père avait écrites à ma mère, des lettres qui dataient de plus de trente-cinq ans. Mon père avait voulu quitter ma mère. Je me rappelle vaguement qu'il était parti plus d'un mois à l'extérieur du pays pour un voyage d'affaires. C'était l'explication que Blanche nous avait donnée.

Il parlait de la froideur de Blanche qu'il ne pouvait plus supporter, des efforts qu'il avait faits et de son dé-

couragement. Qu'avait-elle pu lui dire pour qu'il re-
vienne? Puisqu'il était revenu et qu'il était mort dans
cette maison, trois ans avant ma mère. Brutalement, lui
aussi, foudroyé par une crise cardiaque pendant son sommeil. J'avais pleuré à sa mort, mais c'était différent. Nos
contacts étaient moins étroits, plus francs, et il ne s'était
guère occupé de nous, comme tous les hommes de cette
génération, s'effaçant devant l'autorité de leur femme à
la maison. Mais j'ai toujours su qu'il avait été un homme
généreux et tendre, qu'il aurait voulu faire davantage
pour nous, qu'il s'inquiétait parfois devant nos vies, à
ses yeux, débridées. Il n'aimait pas beaucoup Jean, le
trouvait trop fier, mais jamais il ne lui a montré son
sentiment, acceptant malgré tout qu'il soit de la famille
puisque sa fille l'avait marié. En fait, je crois que mon
père aurait été heureux de ma décision de quitter Jean,
qu'il m'aurait aidée à m'installer toute seule alors que
Blanche aurait jugé sévèrement ce divorce, comme une
faute de goût, un manquement élémentaire à l'abnéga-
tion des femmes.

J'avais souvent pensé que leur mariage devait être
malheureux car ils semblaient lointains l'un de l'autre,
si différents, mon père enjoué et enthousiaste et ma
mère, sévère. J'ai brûlé les lettres, sans doute ce que
Blanche aurait fait si elle en avait eu le temps. On ne se
méfie jamais du caractère imprévisible de la maladie.

L'autre lettre, je ne l'ai pas brûlée. Je ne pouvais
pas. Elle est venue bouleverser l'idée que je me faisais
de Blanche. Elle avait été écrite par une femme appelée
Judith, une amie de ma mère, car seule une amie peut
manifester une telle compassion, une inquiétude aussi
profonde. Pourquoi Blanche avait-elle conservé cette

lettre? J'essayais d'imaginer ce que ma mère avait pu confier à cette femme pour que la réponse soit à ce point troublante. Judith connaissait le passé de ma mère, intimement, et leur amitié semblait remonter à l'époque de leur enfance.

À qui d'autre ma mère avait-elle parlé? À mon père? Qu'elle ait pu se confier, même à une seule personne, venait renverser l'image que j'avais d'elle, une image qui m'apparaissait maintenant trop fragmentaire et, sans doute, profondément injuste.

Mon père connaissait peut-être le passé trouble de ma mère et peut-être est-ce pour cela qu'il était revenu. Toutes les hypothèses se tiennent. Et aucune n'est plus vraie qu'une autre puisque ma mère est morte maintenant et qu'elle ne pourra jamais me le dire.

La lettre était datée de l'année de la mort de mon père. Blanche se retrouvait seule dans la maison, délaissée par ses enfants, seule avec ses pensées, et, sans doute, l'isolement était-il parfois difficile à supporter. En apparence, ma mère n'a pas semblé souffrir de la mort de son mari, mais la lettre n'avait que faire des apparences, et il était évident qu'elle avait eu du mal à vivre ce deuil, que la partie la plus stable de sa vie s'était effondrée.

Cette lettre m'a permis enfin d'aimer ma mère, de la voir à travers les yeux d'une autre, de découvrir qu'elle était une femme sensible et inquiète. Une femme dont le silence n'était pas aussi définitif que je le croyais. Je comprenais que c'était exactement cela qui m'avait manqué, la présence d'une autre femme, d'un autre regard

sur ma mère. J'étais si près d'elle que j'en étais aveuglée. Son corps m'apparaissait d'une opacité inviolable
comme si rien, aucune image, aucun reflet ne s'échap-
pait jamais d'elle, qu'elle ressemblait à ces trous noirs
dans le ciel qui avalent tout, même la lumière.

J'ai dû lire cette lettre une bonne dizaine de fois,
m'imprégnant de chaque mot, essayant d'imaginer ce
qui n'était pas dit, seulement suggéré. J'ai pleuré comme
je le faisais enfant, à chaudes larmes, essayant d'émou-
voir ma mère, elle qui ne savait pas réconforter ses enfants, qui les laissait seuls, ne parvenant pas à sortir de
sa propre solitude.

Et, brusquement, l'idée a surgi. Judith vivait peut-
être encore, peut-être avait-elle encore en sa possession
la lettre de Blanche. Mais comment retrouver cette
femme, moi qui ignorais tout de son existence, il y a
quelques heures à peine ?

***

Ma chère Blanche,

Je ne sais pas quoi te dire. Il faut oublier. Oublier
un passé qui te fait trop de mal. La mort de Georges est
une épreuve difficile mais tu es sans doute la personne
la plus courageuse que je connais. La vie va continuer
et je ne doute pas que tu sauras retrouver la force que
tu as toujours manifestée dans les moments difficiles.

Je ne comprends pas. Ta mère est morte depuis si

longtemps, il faut cesser de penser à elle, de te rendre malheureuse à cause d'elle. Ce n'est pas ta faute si ta mère avait perdu la raison et rien ne permet de croire que les filles doivent souffrir du même mal que leur mère. Tu ne pouvais rien pour elle. Tu avais le droit de vivre ta vie. Et tu as été la seule à t'occuper d'elle, tes frères et tes sœurs ayant préféré fuir la maison.

Tu dis te sentir de plus en plus triste, de plus en plus égarée et seule. Pense que ton mari vient de mourir et qu'il est normal de souffrir de la mort d'un être cher. Arrête de penser que tu es comme ta mère. La folie ne se transmet pas de mère en fille. Je sais que c'est une idée qui t'obsède depuis longtemps et j'aimerais tant te convaincre que rien de tout cela n'est vrai. Tu as toujours été à mes yeux l'exemple même de la détermination, de la force de caractère et ce n'est pas aujourd'hui que je vais me mettre à douter.

Tu as toujours eu la fâcheuse tendance à te sentir coupable de tout. En quoi serais-tu responsable du mariage malheureux de ta fille? Elle est assez grande pour s'occuper elle-même de sa vie. Et, pourquoi ne lui parles-tu pas? N'as-tu jamais pensé qu'elle a pu souffrir de ton silence? S'il est vrai qu'elle te ressemble, pourquoi ne comprendrait-elle pas? J'imagine qu'il n'est pas facile de parler de ce qui t'est arrivé. Rien ne peut excuser le geste de ton père. Rien, car tu n'étais qu'une enfant et les parents ont le devoir de protéger leurs enfants. Pauvre Blanche. Je ne savais pas. Pourquoi n'avoir jamais parlé de cet incident? J'aurais pu au moins te consoler, atténuer un peu la peur qui t'habitait.

Tu as toujours pensé que tu étais la seule à vivre

dans la peur mais pense aux autres familles de la campagne. Ton père n'était pas un homme méchant mais il a sans doute été brisé par la maladie de sa femme. Je ne sais pas s'il est possible de pardonner mais sans le pardon, la vie me semble impossible. Je connais des histoires pires que la tienne et qui se sont déroulées dans des maisons en apparence calmes et heureuses.

Ta mère a eu une vie difficile, son esprit était fragile mais elle aimait ses enfants. Je ne peux pas en dire autant de ma famille et, pourtant, j'ai réussi à vivre ma vie. J'aimerais tant t'aider en souvenir de notre amitié d'enfants, j'aimerais tant te dire que toutes tes chimères t'éloignent des autres, de tes enfants. Pense à eux. Ils ont encore besoin de toi.

Si tu as besoin de me voir, n'hésite pas. Je serais si heureuse de te revoir.

Je t'embrasse

Ton amie Judith

***

J'ai fouillé la maison de fond en comble. Je ne savais pas ce que je cherchais, la confirmation peut-être de ce que je venais de lire, des indices, des preuves de l'existence de Judith.

J'ai retrouvé l'album de photos de ma mère. Je l'ai regardé distraitement, ne sachant pas trop ce que je cherchais. Il n'y avait que deux photos représentant ma mère lorsqu'elle était enfant. Une petite fille au visage triste, renfermé. Sur l'une d'elles, elle était auprès de son père, un bel homme, aux larges épaules. Je sais que c'est lui, car, dans la maison de campagne, la même photo est accrochée au mur du salon et, lors de l'enterrement de ma grand-mère, les gens ont parlé devant moi de la ressemblance entre la fille et le père. Je pensais avoir presque tout oublié de cette journée si triste, aveuglée par la peine de ma mère, car, pour la première fois, elle avait pleuré, à gros sanglots, au moment où la tombe avait glissé dans la fosse. Je m'étais collée tout contre elle mais je suis sûre qu'elle n'avait pas perçu ma présence, qu'elle était ailleurs, plongée dans une tristesse dont je ne savais rien.

C'était la première fois que je rencontrais la famille de ma mère, ses frères, ses sœurs, si gentils, prévenants pour l'enfant que j'étais. Ils avaient gentiment semoncé Blanche pour son silence depuis tant d'années, mais je me rappelle avec quel mépris elle les avait regardés. Peut-être n'était-ce pas du mépris mais un autre sentiment, incompréhensible pour moi. On ne coupe pas les liens avec sa famille sans avoir de bonnes raisons. Et, des bonnes raisons, elle en avait. Elle leur en voulait à tous d'avoir abandonné leur mère.

J'écoutais les conversations autour de moi et, je n'en suis pas sûre, mais il me semble que les voix fléchissaient lorsqu'on parlait de la mère de Blanche, qu'on évoquait son nom dans un murmure. Le soir, j'ai dormi dans la petite chambre donnant sur la forêt. J'avais peur. Il faisait noir, une obscurité à laquelle je n'étais pas habituée. Et Blanche est venue me voir, s'est étendue près de moi, m'a caressé les cheveux. Un geste qu'elle ne faisait jamais. Un geste qui m'a fait comprendre à quel point la mort de sa mère brouillait son esprit. Elle était différente, plus fragile encore que ses bibelots de porcelaine.

Le lendemain, après l'enterrement, elle était redevenue comme avant. Nous avons quitté rapidement cette maison pour ne plus jamais y revenir. Le dernier lien était rompu mais j'ai toujours gardé en moi le souvenir de ces lieux, à la fois lumineux et tremblotants. Une si belle maison, avec tant de mystères pour un enfant, la cave, le grenier d'été, le grenier d'hiver, les chambres closes pendant le jour.

Ma pauvre maman. Que j'ai tant détestée et que j'ai tant aimée. De loin, de la seule manière possible. Sa mort a dû être une délivrance.

Les pensées virevoltent dans ma tête mais elles sont vides, aussi vides que le vent qui s'élève autour de cette maison. Je suis plusieurs personnes à la fois: la fille de Blanche, la mère d'Isabelle et de Philippe, et Marianne, trois femmes comme sans lien entre elles, trois femmes qui se regardent sans se reconnaître.

Sur l'autre photo, Blanche était assise près d'un arbre avec une autre petite fille, aux longs cheveux. Elles se tenaient par les épaules, riaient. Au verso de la photo, il était inscrit: Judith et Blanche. L'écriture de ma mère, facilement reconnaissable. Elles avaient donc toujours été là à attendre qu'on les découvre, à attendre que leur amitié soit mise au jour. J'avais l'impression qu'elles me souriaient du plus lointain de leur enfance.

J'ai trouvé, quelques heures plus tard, après avoir remué toute la maison, dans un tiroir de ma mère, un vieux carnet d'adresses. Je l'ai feuilleté rapidement, espérant que le nom de Judith y apparaîtrait. L'adresse était là, à Québec. Après un premier moment d'euphorie, l'évidence m'est apparue: il y avait si longtemps, les chances pour que Judith habite toujours à cette adresse étaient minces, ou, pire encore, cette femme pouvait être morte.

Le jour même, je me suis rendue à cette adresse, dans le quartier chic de la ville. Je suis restée debout devant la maison, hésitant à cogner à la porte. Tout me semblait trop facile soudain et j'appréhendais une grande déception. Une porte s'était ouverte brusquement et j'avais peur qu'elle ne se referme aussi brutalement, me laissant cette fois sans espoir.

La chance m'a souri. Judith n'habitait plus la maison, mais elle l'avait léguée à un de ses enfants. Je lui ai expliqué, un peu maladroitement, que j'étais la fille d'une amie de sa mère, que Blanche était morte et qu'elle m'avait chargée de remettre une lettre à son amie. Un petit mensonge mais si près de la vérité.

Judith était encore vivante. Elle habitait un foyer pour personnes âgées. Enfin je touchais au but. J'avais dans ma poche l'adresse de celle qui pourrait enfin me parler de ma mère, si elle le voulait bien.

Judith m'a accueillie les bras ouverts. Malgré ses soixante-douze ans, elle ne semblait pas malade. Un peu fatiguée, sans doute, mais alerte et enjouée.

J'étais un peu gênée, gênée de troubler sa petite vie calme et tranquille. Elle a pleuré en apprenant la mort de Blanche, des larmes silencieuses, des larmes qui ont réveillé en moi une peine longtemps ensevelie. Enfin je pouvais pleurer ma mère, enfin les larmes s'écoulaient sur mon visage et ma peine me faisait du bien.

Elle m'a serrée dans ses bras. Et elle m'a demandé si je me remettais de la mort de Blanche. Une réelle sollicitude dans sa voix. Non, je ne m'en remettais pas. J'étais venue pour vendre la maison et je n'y arrivais pas. Judith m'a embrassée sur les joues. Je voulais savoir, je voulais qu'elle me raconte tout ce que je ne savais pas encore. Mais comment le lui demander ?

Elle m'a regardée comme jamais Blanche ne m'a regardée, directement dans les yeux. Elle voulait me consoler, mais je sentais comme une hésitation en elle. Et puis, après avoir parlé de sa propre vie, du deuil difficile de son mari, elle m'a parlé de Blanche. D'une femme que je ne connaissais pas. Elle a confirmé que mon père avait pensé plusieurs fois la quitter, que leur mariage avait été secoué, à plusieurs reprises, par de graves crises. Il était resté pour prendre soin d'elle et pour nous, les enfants.

La vie de Blanche n'avait pas été facile. Avant d'avoir ses enfants, il avait fallu l'hospitaliser à plusieurs reprises, pour dépression. La naissance des enfants avait été bénéfique pour elle, malgré tout. Elle nous aimait, était très fière de nous, ce qui me semblait impossible. Tous mes souvenirs allaient à l'encontre de cette idée. Je la regardais, sidérée et, en même temps, envahie d'une reconnaissance profonde.

Je lui ai montré sa lettre découverte parmi les papiers de Blanche. Elle a souri, se rappelant sans doute leur amitié. Elle l'a relue et elle a compris la raison de ma visite. Elle s'est levée, a fouillé pendant quelques minutes dans un tiroir avant de revenir avec une enveloppe. Elle me l'a donnée, tout en me disant que Blanche avait souvent parlé de moi, de l'inquiétude qu'elle ressentait pour sa fille, trop sensible. Blanche avait voulu me protéger par son silence, mais, peut-être, était-il temps pour moi de connaître l'origine de la tristesse de ma mère. Judith n'avait jamais été d'accord, plusieurs fois elle avait encouragé Blanche à me parler, et, toujours, ma mère avait refusé, croyant que cette histoire devait à jamais rester secrète.

Si j'étais là aujourd'hui, c'était la preuve que j'avais besoin de connaître cette histoire, que, trop longtemps, j'avais été privée de la voix de ma mère.

J'allais partir lorsque Judith a mis sa main sur mon bras, me demandant de rester encore un peu. Elle ne pouvait pas me laisser seule avec cette lettre, il fallait m'expliquer, me dire que Blanche avait, au moment de la mort de son mari, ressenti le besoin d'écrire cette histoire, que c'était plus qu'une lettre, que ma mère avait tenté, dans sa solitude, de préciser une fois pour toutes la peur qui l'habitait. Ces feuillets contenaient l'essentiel de la vie de ma mère alors que les autres lettres de Blanche étaient plus anodines, ne décrivaient pas avec cette intensité la confusion de sa vie. Il en est toujours ainsi, avait-elle dit, les femmes réservées rêvent toute leur vie de dire ce qui les hante et elles ne le font, la plupart du temps, qu'une seule fois, avant de se taire à nouveau. Comme elle avait raison!

Cette histoire, ma mère l'avait écrite pour moi, Judith en était convaincue, mais Blanche avait manqué de courage et ne sachant pas trop quoi en faire, elle l'avait envoyée à la seule amie qu'elle avait. À ses yeux, la lettre arrivait enfin à destination.

Le cœur brisé, j'ai embrassé Judith comme j'aurais dû le faire pour Blanche, avec amour et tendresse. Au dernier moment, je lui ai demandé à quel moment elles se rencontraient. Je voulais savoir. Elle m'a répondu en souriant, se rappelant sans doute leur petit secret: «Pendant la journée, lorsque vous étiez à l'école.»

Tout ce chemin qu'il m'a fallu faire avant d'en arriver à ce moment. Je me sentais au bout de ma course, si fatiguée, accablée, coupable d'avoir ignoré le caractère dépressif de ma mère, préférant l'accuser, lui reprocher comme une insulte personnelle sa froideur.

***

Ma chère Judith,

Il y a si longtemps que nous nous sommes parlé. Tu me manques tellement. Georges vient de mourir, d'une crise cardiaque et je me sens si seule. Je ne sais pas si j'ai vraiment aimé cet homme, si je pouvais vraiment aimer un homme. Je l'ai tellement déçu. Il aurait aimé avoir auprès de lui une femme aimante et attentive et il n'aura connu que tristesse auprès de moi. C'était un homme généreux et il m'a supportée pendant toutes ces années, prenant soin de moi et de nos enfants. Toutes mes périodes dépressives ont dû être pour lui difficiles à vivre, mais, il est toujours revenu vers moi, même s'il était sans espoir.

Je te fais une confiance absolue, car je n'ai jamais rencontré de personne plus intègre que toi, une intégrité qui m'a souvent inquiétée car, je le sais d'expérience, elle peut être à l'origine de grandes souffrances. Mais tu as toujours été plus forte que moi et j'aurais tant aimé te ressembler.

Tu es la seule à connaître un peu mon histoire, l'origine de ma tristesse, cette tristesse qui a gâché ma vie et dont je n'ai jamais réussi à me libérer. Ce que tu vas lire dans cette lettre, je ne pouvais pas t'en parler de vive voix, jusqu'à mes derniers jours, j'ai voulu oublier mon passé. Et puis il y a des choses qui ont besoin de l'intimité des mots écrits pour exister. Je pensais que mon regard d'enfant avait tout exagéré, que ma mère n'était pas à ce point malade. Il est si difficile de porter un regard juste sur ceux qu'on a aimés, profondément aimés. Mais la mort de mon mari me donne une lucidité nouvelle, lève mes dernières pudeurs. Après tout, la tristesse de cette histoire n'est rien comparée à l'ignorance dans laquelle j'ai gardé mes enfants, et même toi, mon amie.

J'ai tout gâché autour de moi. Je n'ai jamais vraiment aimé mon mari et j'ai fait de mes enfants des êtres angoissés et tristes. Je m'en veux terriblement. Et lorsque je pense à Isabelle, ma petite-fille, je sais qu'elle porte elle aussi ce lourd héritage, quelque chose qui trouble la raison.

Comment aurais-je pu parler de ma famille? Comment expliquer à ses propres enfants que leur grand-mère était folle, atteinte d'une maladie incurable qui brouillait sa raison. Je ne connais pas les termes médicaux décrivant cette maladie mais c'était une femme mélancolique, sans contact réel avec ce monde. Une tare héréditaire puisque l'un de ses frères souffrait lui aussi de la même maladie. Dans son malheur, ma mère avait tout de même été plus chanceuse que son frère, car la maladie s'était développée beaucoup plus tard, après son mariage, alors que Louis avait été enfermé dans un hôpital vers l'âge de seize ans.

La maladie de ma mère m'a marquée, plus que je ne le croyais. J'ai pensé qu'en coupant les ponts avec ma famille, je pourrais avoir une vie normale, je pourrais échapper à cet univers étouffant dans lequel j'avais vécu. Je me trompais. Notre passé nous suit à la trace et, lorsque je pense à ma fille, je me rends compte que sa tristesse n'est pas si différente de la mienne et de celle de ma mère.

J'ai tant détesté la maison de ma mère. Et, pourtant, c'était une magnifique maison de campagne, perdue dans les champs. Les sons qui s'en échappaient se perdaient dans le vent, n'atteignaient jamais les fenêtres des autres maisons. C'est le propre de la campagne, cet isolement des familles. Déjà, lorsque j'étais petite, la maison était délabrée, faute de soins, toujours en désordre, car ma mère était le plus souvent enfermée dans sa chambre. Mais tout cela tu le sais déjà, car tu étais la seule à venir me visiter, la seule capable de supporter l'atmosphère de la maison.

Essaie d'imaginer une sorte de frontière entre le dehors et le dedans, une atmosphère chargée de cris évanouis, de plaintes étouffées. Nous, les enfants, sommes assis à la table, silencieux, enfoncés sur nos chaises, une étrange immobilité pour des enfants si jeunes. Je n'ai que cinq ans. C'est Angélina, notre sœur aînée, qui s'occupe de nous. On écoute les bruits provenant de la chambre du haut, des bruits familiers, des bruits qui nous plongent dans la peur. Autour de nous, il y a ces tableaux représentant des scènes bibliques. Ils nous surveillent, nous rappellent les tourments de l'enfer pour les âmes égarées. Et puis, soudain, un cri resserre l'espace, appauvrit l'air déjà raréfié.

Nous pleurons, toujours dans le même silence, ravalant nos sanglots au plus profond de nos cœurs. C'est notre mère qui crie, qui pleure. Sa voix s'éteint pour revenir plus furieuse encore. Ma mère a une crise. Les crises se font de plus en plus fréquentes.

Je ne sais pas si mes frères et mes sœurs savent ce qui se passe là-haut, ce qu'ils imaginent. Moi, je le sais. J'ai vu, un jour, par l'entrebâillement de la porte, le visage défait, le regard fixe de ma mère et le corps de mon père penché sur elle, lui tenant les bras pour éviter de se faire frapper, lui parlant doucement, la suppliant de se calmer. Il y avait un tel désespoir dans les yeux de mon père.

Nous voulons voir notre mère. Nous espérons qu'une fois la crise passée, elle sera comme avant, aussi douce, aussi attentive à ses enfants. Mais, depuis quelque temps, les périodes d'accalmie se font de plus en plus brèves et nous avons peur, peur que notre mère ne soit encore hospitalisée.

Cela a commencé lorsque j'avais quatre ans. Sournoisement. Ma mère disait parfois d'étranges choses, parlait de sa sœur venue la voir à la maison alors que sa sœur était morte depuis plusieurs années. Elle pouvait passer des heures assise près de la fenêtre à caresser le chat, sans nous voir, sans se préoccuper de nous.

À l'école, les autres enfants riaient, se moquaient de notre mère folle, ne faisant que répéter ce que leurs parents chuchotaient dans la quiétude de leur maison. Nous étions montrés du doigt et, si nous allions encore à l'école, c'est qu'il y avait, parmi les professeurs, des femmes plus compréhensives capables de nous protéger de la méchanceté générale. Tu te souviens. Tu étais la seule, parmi les enfants, à ne pas rire.

Ma mère, la plupart du temps, restait dans sa chambre, se reposant peut-être pour toutes les nuits où elle ne dormait pas, où elle errait dans la maison en faisant craquer les planchers de bois, se berçant parfois devant la fenêtre le regard plein de la nuit, si noire en toutes saisons. Je l'ai souvent vue ainsi, l'observant du haut de l'escalier.

Elle n'assistait pas toujours au souper et nous écoutions obéissants les remontrances de notre père, déçu d'avoir des enfants si peu doués, traînassant à l'école, notre père impuissant et accablé par la maladie de sa femme. Il restait prostré sur le divan du salon, à fumer cigarette sur cigarette, écoutant parfois sur le vieux gramophone des mélodies tristes, jusqu'au moment où il allait rejoindre ses amis au village.

Et, pourtant, nous avions été heureux. Avant cette triste période, notre père buvait moins et il jouait avec nous. Notre mère était plus présente, s'occupait de nous, cousait nos vêtements, venait dans les champs cueillir les fruits sauvages. Elle parlait souvent de son enfance heureuse, à l'autre bout du village, de son père marguillier et de sa mère qui la berçait pour l'endormir.

Je ne connais pas toute l'histoire de ma mère. Ce que je sais, je l'ai appris de mon père avant qu'il ne meure, et, peut-être, l'histoire était-elle déjà un peu déformée, trop de fois racontée, trop de fois étouffée.

Déjà, au moment du mariage de mes parents, ma mère avait parfois des absences. Elle semblait plongée dans une sorte de torpeur et rien, aucune parole, ne pouvait la faire sortir de sa prostration. Bien sûr, cela inquiétait mon père mais, comme ces états ne duraient pas longtemps, il attendait patiemment qu'elle redevienne comme avant. Il l'aimait. Elle était belle, affectueuse et dotée d'une énergie peu commune. Elle pouvait, du jour au lendemain, se lancer dans des tâches qui paraissaient gigantesques, comme de repeindre la maison, comme de tisser une couverture qui aurait dû prendre des mois, et elle ne se reposait qu'une fois le travail terminé. À ces moments-là, elle semblait infatigable. Malheureusement, ces périodes d'intense activité étaient toujours suivies par quelques jours de langueur, profonde, où ma mère s'enfermait dans sa chambre, semblait perdre toutes attaches avec sa famille.

Je me rappelle très bien les périodes d'abattement. Je trouvais particulièrement difficile de voir ma mère si triste et indifférente à nous, ses enfants. Son regard se

posait sur nous mais on aurait dit qu'elle ne nous voyait
pas, que ses yeux ne faisaient que nous effleurer sans
nous reconnaître. J'aurais fait n'importe quoi, à ces
moments-là, pour qu'elle me parle, pour qu'elle s'intéresse à moi et cela m'a valu souvent les réprimandes de
mon père. Il fallait la laisser tranquille. Respecter son
silence.

Je crois que l'état de ma mère s'est vraiment dété-
rioré le jour où elle a perdu un enfant. L'accouchement
avait été particulièrement difficile, et l'enfant était mort,
étranglé par le cordon ombilical. C'était un petit garçon, celui qui me suivait. Ma mère a pleuré pendant des
jours et puis, elle a semblé se calmer, mais le mal était
fait. Quelques semaines plus tard, elle a eu une grave
crise. Pendant la nuit, elle s'est mise à crier. Elle cherchait son enfant, hurlait qu'on n'avait pas le droit de le
lui enlever. Mon père, désespéré, avait appelé le médecin. On l'avait amenée à l'hôpital et, pendant plus de
deux mois, nous n'avons pas eu de nouvelles d'elle. Mon
père, à nos questions, répondait de manière évasive.
C'est à ce moment-là qu'il s'est mis à boire, comme tous
les autres hommes du village, à boire jusqu'à perdre l'idée
de son malheur. Souvent, le soir, il s'enfermait dans son
atelier et il sculptait des poupées de bois, d'étranges
poupées qui ne nous étaient pas destinées.

Ma mère est revenue à la maison un matin
d'automne mais, dès le premier regard, j'ai su qu'elle
n'était plus la même. La maladie s'était installée en elle.
La maladie qui sommeillait avait pris le dessus sur elle.
C'était fini. Elle errait dans la maison comme une âme
en peine et je ne savais que faire pour la tirer de son
sommeil.

Nous avons grandi en côtoyant chaque jour l'ombre de notre mère, perdant peu à peu le souvenir de ce qu'elle avait été, nous occupant d'elle comme si elle avait été une enfant. Mon père voulait la garder à la maison, ne supportant pas l'idée qu'elle soit enfermée à l'hôpital. C'était si pénible d'avoir perdu le regard de celle qui nous avait mis au monde. Souvent, je me cachais dans la grange et je pleurais, essayant de me souvenir de l'époque où ma mère était encore elle-même, mais, déjà, le souvenir s'effaçait devant l'implacable réalité de tous les jours.

Je suis restée avec elle jusqu'à mon mariage. Mes frères et mes sœurs étaient déjà partis de la maison et mon père était mort, usé par l'alcool. C'est toi qui m'as encouragée à partir, me disant que j'avais le droit de vivre, que j'avais déjà passé trop de temps auprès de ma mère, qu'il était temps d'oublier.

Mon départ a entraîné son hospitalisation dans un asile de la région. J'allais la voir quelques fois par année et chacune de mes visites me plongeait dans une tristesse qui durait plusieurs semaines. Je n'ai jamais osé amener mes enfants la voir, leur parler d'elle. Sa maladie me faisait peur, car le médecin avait parlé d'une sorte d'hérédité, de fragilité familiale. J'accusais son tempérament trop doux, trop sensible et je me durcissais, ne voulant pas à mon tour sombrer comme elle. J'étais d'une telle naïveté.

Je ne sais pas si je devrais te raconter le reste de l'histoire, la partie qui me touche personnellement. J'ai toujours gardé le secret sur cet événement. Je ne veux pas que tu sois en colère contre mon père, cela ne servirait à rien. Il était si malheureux, la maladie de sa femme avait brisé sa vie.

Un jour, j'étais dans la grange à m'occuper des lapins. Et mon père est entré. Il sentait l'alcool et il marchait avec difficulté. Il s'est approché de moi en souriant et il m'a serrée tout contre lui. J'avais beau lui dire de me laisser, il ne relâchait pas son étreinte. Je l'ai supplié de me laisser tranquille. Heureusement, ma sœur Angélina est arrivée et elle a crié: «Blanche, maman nous attend.» Et mon père m'a laissée partir. Je pleurais et je tremblais de tous mes membres. Ma sœur n'a jamais parlé de rien, à personne, et le souvenir de cet incident s'est perdu. Et je suis restée seule avec ma honte.

Mon père n'est pas reparu de toute la journée. Puis, il est revenu, m'a regardée tristement et j'ai compris qu'il regrettait, qu'il avait perdu la tête. Mais j'avais perdu confiance dans le seul être représentant pour moi la sécurité. Par la suite, il a continué à boire, de plus en plus, jusqu'à en mourir.

J'aurais pu tout supporter, le gâchis de ma vie, mon ennui, ma tristesse si je n'avais vu dans les yeux de ma fille la même fragilité, les mêmes peurs.

La tristesse de ma mère avait déchiré ma vie et je me sentais impuissante à protéger ma fille, comme il n'y avait jamais personne pour nous protéger, personne pour nous abriter du malheur de notre famille.

À la mort de ma mère, j'ai pensé que tout était terminé. Mais je suis devenue mélancolique à mon tour, passant de longues heures à ne penser à rien, figée dans mes souvenirs. Je regrette d'avoir si peu parlé, d'avoir maintenu mes proches loin de toutes mes inquiétudes. Crois-moi, je ne voulais que les protéger. Je sais que tu n'étais pas d'accord, que tu as toujours pensé qu'il aurait fallu parler à mes enfants. Déjà, d'avoir parlé à Georges de la maladie de ma mère me semblait une erreur, car je crois bien qu'il est resté auprès de moi par compassion. Que l'amour était depuis longtemps disparu. Prends bien soin de toi. Toi, ma douce amie, qui a toujours su m'écouter.

Je t'embrasse très fort

Blanche

***

Cette lettre, je regrettais presque de l'avoir lue. Tout se mélangeait dans ma tête. La vérité tant désirée avait pris un visage, une forme, mais cette forme ne cessait de bouger, était trop complexe pour que je puisse la cerner complètement.

Il y avait eu la mélancolie de la mère de Blanche, l'agression du père, mais ces événements pouvaient-ils expliquer à eux seuls le caractère si particulier de ma mère? Blanche était-elle, comme elle semblait le penser, atteinte de la même maladie que sa mère ou n'était-ce qu'une idée, une peur qui l'habitait?

Les mères font toujours la même erreur, de garder pour elles les souffrances et les angoisses, n'osant pas confier à leurs enfants la part la plus secrète de leur vie. Dans l'idée de les protéger, sans doute. Moi aussi, je n'ai jamais vraiment parlé à Isabelle de mes difficultés à vivre, à côtoyer les autres. De mon ennui et de ma peur des autres.

Une maison recèle toujours des secrets et on ne sait jamais ce que l'on peut y trouver une fois que ses habitants sont partis ou décédés. Ma mère n'a pas eu le temps de mettre de l'ordre dans ses affaires, de jeter ce qu'elle aurait voulu dérober au regard des autres, la maladie s'étant abattue sur elle de manière foudroyante. Tout s'est déroulé si vite que j'ai peine encore aujourd'hui à me souvenir de l'état de stupeur qui devait être le mien. Ma mère était une force de la nature et lorsqu'il m'arrivait de penser à sa mort, j'imaginais un long combat et non pas cet écroulement brutal.

Je me demande si elle n'aurait pas détruit la lettre de Judith si elle en avait eu le temps, si, à la dernière minute, avant de s'en aller à l'hôpital, elle aurait voulu effacer les dernières traces de cette histoire. Je ne le saurai jamais et cette ignorance est plus lourde que tous les secrets découverts.

Depuis le début, je m'invente un courage que je n'ai pas, une pureté qui n'existe pas, car j'aurais continué à accepter les tromperies de Jean, cette vie fausse et mensongère, si ma mère n'était pas morte et si je n'avais pas dû m'occuper de sa succession. C'est difficile à expliquer mais je n'ai jamais rien choisi, hormis ma fuite vers Québec, je me suis laissé porter toute ma vie par le désir des autres, n'arrivant pas à préciser suffisamment ma pensée pour agir à mon tour.

Je suis une femme amère. Comme l'était ma mère.

Je doute de tout, mais surtout de moi-même. Je me demande parfois pourquoi Jacques m'aime à ce point, pourquoi il est attiré par la femme triste que je suis. Il m'a raconté sa vie mais je sais que l'essentiel, il ne l'a pas dit, qu'il ne connaît sans doute pas les raisons de son attirance pour moi. Je crois qu'il aime avant tout mon caractère tranquille, renfermé, qu'il admire ma sensibilité face aux livres, cette façon qu'il dit particulière de comprendre les histoires, d'entrer en elles, dans leurs ramifications. Et je me rends compte que dans tous les livres que j'ai lus, c'est cette histoire que je cherchais, cette histoire unique, mon histoire, mon visage, et celui des gens que j'ai aimés.

Jacques aime l'image qu'il a de moi et, privé de cette image, sans doute son amour s'éteindrait-il. Et cette pensée me torture car je ne sais plus quelle image de moi est la plus crédible, la plus proche de la vérité. Je sais que je l'impatiente parfois avec mes questions concernant ses premières femmes. Ma curiosité est une forme de jalousie et il le sait. Il a beau me répéter qu'il a trouvé auprès de moi une tendresse qu'il ne croyait plus possible, je demeure inquiète et je me compare aux autres femmes, inlassablement, cherchant les ressemblances, les différences, cherchant ma place parmi elles.

C'était irrésistible. J'avais besoin de revoir les lieux qui avaient abrité les malheurs de notre famille. J'avais besoin de lire la lettre de Blanche, là-bas dans la maison de campagne. J'espérais que les mots allaient lentement émerger de leurs coques de verre, qu'ils allaient laisser voir les couleurs qu'ils cachent, les cris qu'ils étouffent, moi qui suis leur fidèle lectrice depuis plus de quarante ans. Je voulais connaître l'ampleur de la vérité, la profondeur réelle de ma mélancolie.

J'ai téléphoné à la tante Germaine, m'excusant pour mon insistance, mais j'avais besoin de savoir qui habitait la maison. Elle n'a guère semblé étonnée de mon désir d'aller là-bas, m'a assurée que le cousin Frédéric serait heureux de me recevoir, qu'elle le préviendrait de ma visite, lui expliquerait. Elle m'a dit: «Vas-y, et puis après, continue ta vie.» Je l'ai remerciée, tout en cachant l'exaspération que sa remarque avait fait naître en moi.

Jacques est venu avec moi. Sans doute craignait-il mon tempérament fantasque et le peu que je lui avais dit concernant l'enfance de ma mère avait réussi à faire naître en lui des inquiétudes à mon sujet. Je n'avais pas pu lui faire lire la lettre, la honte m'avait contaminée, je sentais que cette histoire était trop particulière pour être mise dans les mains d'une personne étrangère à la famille. Et puis c'était une histoire de femmes, de plusieurs générations de femmes.

Nous sommes partis une fin de semaine d'automne. La campagne de ma mère est située dans les montages, tout près de la frontière américaine. Les arbres rougis, le soleil apaisant de l'automne donnaient à notre petit voyage une allure de vacances, d'évasion. J'étais étrangement calme comme si toute ma vie j'avais attendu ce moment, que toutes mes inquiétudes s'étaient tues, avalées par la route qui me menait là où mes rêves déjà m'avaient tant de fois conduite.

Nous étions heureux, remplis du bonheur d'être ensemble. Je n'étais plus seule, Jacques était là, auprès de moi. Il allait me soutenir peu importe ce que j'allais découvrir là-bas. C'était la première fois que je ressentais la présence d'un homme comme un appui et non pas comme une oppression. Je pensais que la vie allait enfin commencer, que l'histoire une fois parvenue à son terme ne viendrait plus troubler la quiétude des jours. Je ne soupçonnais pas encore l'ampleur de ma naïveté.

Le cousin Frédéric nous a reçus à bras ouverts. C'était le fils de l'un des frères de Blanche. Il avait à peu près mon âge. Sa femme Marthe était née, elle aussi, à la campagne et ils faisaient partie des rares qui n'avaient pas préféré s'exiler vers la ville. Ils avaient décidé de s'installer dans la maison, laissée déserte par le décès du frère de Blanche. Le cousin Frédéric travaillait dans le bois, comme bûcheron.

Quel choc en pénétrant dans cette maison, si différente de celle que j'avais connue! Elle avait été entièrement rénovée. Plus de traces des vieux cadres bibliques dont parlait ma mère. Plus de traces des vieux meubles qui m'avaient frappée lors de ma seule visite. La lumière, cependant, était la même, généreuse, pénétrant par toutes les fenêtres de la maison.

Il était difficile d'imaginer qu'un drame ait pu se produire ici, à une autre époque.

J'ai expliqué à mon cousin et à sa femme que la mort de ma mère m'avait poussée à vouloir revoir la maison qui l'avait vue naître. Ils comprenaient et ils m'ont laissée visiter la maison. Jacques est resté avec eux, préférant me laisser seule quelques instants. Je les entendais de loin discuter des problèmes de la vente du bois, du ravage qu'avait fait la tordeuse du bourgeon de l'épinette dans les forêts. Leurs voix étaient lointaines et apaisantes. Pendant un moment, j'ai pensé à l'aisance avec laquelle Jacques s'était mis à parler à mon cousin et à sa femme, comme s'il savait d'instinct s'adapter aux gens les plus différents. Une aisance qui m'a toujours manqué, car, au premier abord, je ressens toujours une sorte de réticence face aux étrangers, une réticence qui me rend maladroite, comme si j'avais du mal à saisir d'emblée le monde dans lequel vivent les autres.

Je suis montée d'abord dans les chambres du haut. Là, rien n'avait changé. Dans la chambre où j'avais dormi auprès de ma mère, tout était pareil à mon souvenir. La forêt par la fenêtre était la même et le lit, un peu trop mou, n'avait pas été remplacé. Personne ne devait dormir ici, les enfants de mon cousin ayant, à leur tour, quitté la maison familiale.

Dans la chambre de ma grand-mère, il y avait toujours les plantes, les mêmes meubles, les vieux objets lui ayant appartenu. Les photos aussi, alignées sur la vieille commode. J'étais étonnée que le cousin n'ait pas voulu changer la décoration de ces lieux alors qu'il s'était appliqué au premier étage à tout rénover. Ils vivaient dans ce décor et, s'il n'y avait eu quelques vêtements négligemment jetés sur les chaises, on aurait pu croire que cette chambre dormait depuis très longtemps, oubliée de tous. Peut-être gardait-il lui aussi une certaine nostalgie face au passé, face à ses grands-parents.

J'ai ouvert, sans trop savoir pourquoi, la porte de la garde-robe. Il s'en dégageait une odeur ténue de naphtaline et j'allais refermer la porte lorsque j'ai vu, dans une boîte, des poupées de bois. Elles étaient donc là, les poupées que sculptaient mon grand-père. Elles étaient telles que l'avait dit ma mère dans sa lettre, le corps un peu difforme. Mais le plus troublant, c'est qu'elles n'avaient pas d'yeux. C'était des poupées aveugles.

Mon grand-père sculptait des femmes sans regard, des femmes comme ma mère. Comme moi!

Je suis redescendue en bas rejoindre les autres, emportant l'une des poupées. J'avais l'impression qu'il ne servait plus à rien de visiter la maison, que j'avais trouvé ce que j'étais venue chercher. La preuve irréfutable que ce que ma mère avait écrit était vrai.

Ils ont regardé la poupée, un peu surpris, et le cousin a dit qu'il n'avait pas osé les jeter, que son père lui avait parlé, un jour, de ces poupées. J'ai demandé si je pouvais la garder et mon cousin m'a assuré que je pouvais prendre ce que je désirais. Je ne voulais rien d'autre. Jacques ne comprenait pas pourquoi j'attribuais tant de valeur à cet objet, à ses yeux, plutôt repoussant. J'aurais pu lui expliquer mais il aurait fallu lui raconter plus que je ne m'en sentais la force.

Finalement, j'ai continué le tour de la maison avec Jacques. Je crois que son inquiétude était revenue, qu'il sentait que cette maison recelait des mystères que je lui avais cachés. Nous n'avons rien trouvé d'autre. J'ai reconnu tout de suite, en descendant dans la cave, le décor de mon rêve où j'étais emprisonnée. C'était presque pareil et j'étais surprise que l'enfant que j'étais, à la mort de ma grand-mère, ait gardé un souvenir si précis de ces lieux. Une cave humide, sombre, pleine de recoins, résonnant des bruits du premier étage. Je me suis serrée tout contre Jacques et nous sommes remontés à la lumière. C'était fini.

En fait, je serais repartie tout de suite mais mon cousin était si heureux de nous voir que nous avons accepté son invitation à souper. Je ne me rappelle pas de la conversation, seulement d'avoir beaucoup regardé mon cousin, cherchant à découvrir, derrière son visage d'homme heureux et jovial, les traces de son enfance. Rien. Son père avait dû pourtant être lui aussi le témoin de la maladie de sa mère. Il n'avait sûrement rien dit à son fils. Et je ne voulais pas troubler sa vie avec une si vieille histoire.

Jacques, lui, essayait de dissimuler son malaise. Je savais qu'il attendait d'être seul avec moi pour m'inter-

roger sur la maison. J'étais comme aux aguets. Je guet-
tais le moindre bruit comme si, à mon tour, j'étais assise à cette table où Blanche, plongée dans le silence,
écoutait les bruits provenant de la chambre du haut.
Mais, à part notre conversation, la maison était calme,
profondément calme. De cette lointaine époque, il ne
restait que le gramophone et les poupées. Nous avons
écouté les vieux disques éraillés de mon grand-père et
nous avons ri devant le son lancinant s'échappant de
cette vieille machine.

La soirée a été agréable et, sous l'insistance de
Marthe, nous avons accepté de dormir dans la petite
chambre du nord au premier étage, dans la chambre où
ma grand-mère avait passé les dernières années de sa
vie. Ses jambes la faisaient souffrir et elle n'avait plus à
monter l'escalier tous les soirs. Il était tard et nous
avions bu beaucoup, il était préférable de ne pas
prendre la route en pleine nuit.

Je ne connaissais pas cette chambre, fermée depuis
très longtemps. J'étais passée devant pendant ma visite
de la maison, mais je pensais qu'il s'agissait d'une pièce
de débarras, sans intérêt. C'était devenu la chambre des
invités. Sur le lit, il y avait une vieille poupée de porcelaine dans une robe blanche. Une très belle poupée que
j'ai pris soin de déposer sur la commode. Dans un coin,
pêle-mêle, les souvenirs de la maison, les cadres, les
vieilles photos étaient entassés. J'étais fatiguée et je voulais dormir. Il serait toujours temps le lendemain de jeter un coup d'œil sur toutes ces vieilleries.

Je me suis endormie dans les bras de Jacques. Sa
présence en ces lieux, comme la preuve de ma vie nou-

velle, rendait irréel le malaise qui m'habitait. J'étais venue troubler l'ordre oublié des souvenirs et je me sentais coupable, habitée d'une curiosité que ma mère aurait jugée sévèrement. Elle devait se retourner dans sa tombe, de me voir là, dans la chambre de sa mère. Pauvre maman, elle avait su m'imprégner de son silence, de sa dévotion aux choses mortes.

Pendant la nuit, j'ai fait un rêve atroce. Le dernier de cette longue série de cauchemars associés aux femmes de cette maison. J'étais couchée et j'entendais des voix provenant du placard. Des chuchotements. Et puis la porte s'ouvrait comme poussée de l'intérieur. Dans la pénombre, des femmes recroquevillées me regardaient. Un regard impossible à décrire, à la fois cruel et triste. Il y avait Blanche, sa mère, la tante Germaine et d'autres dont je ne reconnaissais pas le visage. Des femmes qui se ressemblaient, de la même famille. Elles voulaient que j'entre à mon tour dans le placard, me désignaient ma place auprès d'elles. Je ne voulais pas, mais je sentais leur regard comme un appel, comme une supplication. Il fallait s'enfuir mais la peur paralysait mes jambes. Celle qui ressemblait à Blanche a levé le bras vers moi comme pour me donner la main mais elle n'avait pas de main, la manche de sa robe recouvrant l'endroit où il aurait dû y avoir sa main. J'ai crié, un cri que j'entends encore parfois dans mes rêves. Un cri de détresse infinie. Et puis les visages se sont brouillés comme si un voile les avait recouverts subitement.

Je me suis réveillée en sursaut. La porte de la garde-robe était fermée et la maison était tout à fait silencieuse. J'ai regardé le visage de Jacques, dormant tout près de moi. J'avais résisté et je me demandais ce que je

serais devenue si j'avais cédé à leur appel, si j'étais entrée à mon tour dans le placard. Le plus horrible, c'était
surtout l'image des mains invisibles, comme amputées.

Le plus étonnant, c'est que je me suis rendormie
rapidement et qu'aucun autre rêve n'est venu troubler
mon sommeil. Je me suis réveillée le lendemain, reposée
et calme. Un calme surprenant, car je me souvenais avec
précision de mon rêve. Mais il avait perdu son caractère effrayant.

Juste avant de partir, j'ai demandé à Jacques de
m'attendre quelques instants. Je voulais aller visiter la
grange, une dernière fois. Mon cousin m'avait dit qu'il
n'y avait plus d'animaux, sauf quelques lapins qu'il éle-
vait pour sa consommation personnelle. Il y avait longtemps déjà que le troupeau de vaches et les chevaux
avaient été vendus à un voisin.

L'odeur de fumier et d'humidité reste longtemps
dans les granges, bien après que les animaux aient disparu. Je me suis assise dans un coin, sur une vieille chaise
de bois et j'ai sorti la lettre de Blanche. Je l'ai relue
dans le lieu même où la vie de Blanche s'était brisée.
J'essayais d'imaginer dans quel recoin obscur elle avait
été assaillie par son père, mais mon esprit se refusait à
recréer cette scène, c'était trop, trop douloureux pour
être revécu. J'ai caressé les lapins quelques minutes, puis
je suis sortie en courant, fuyant ces lieux où la vie de
ma mère, sa candeur d'enfant, s'était brisée.

Pendant le trajet du retour, j'ai raconté à Jacques
mon rêve. Il m'a écoutée silencieusement, avant de me
demander ce que signifiait tout cela. Je le savais mais

j'étais incapable de le dire. C'était comme une coupure, j'avais repoussé l'appel des fantômes, mes fantômes, et c'était grâce à Jacques, grâce à son amour. S'il n'avait pas été auprès de moi, sans doute serais-je entrée à mon tour dans le placard et je ne serais pas là aujourd'hui à écrire cette histoire. Mais ce n'était qu'une question de temps. Bientôt, je les rejoindrai, dans la mort, dans l'image de la mort qu'elles m'ont offerte cette nuit-là. L'attirance est trop forte. La maladie me ronge et je crois bien que les premiers symptômes sont apparus peu après cette nuit-là. Des engourdissements d'abord pendant la nuit, puis une douleur diffuse dans le ventre.

Nous avions promis à mon cousin de revenir les voir une autre fois, mais je savais que je ne retournerais jamais dans cette maison. J'avais vu ce que je désirais voir et j'avais emporté avec moi les derniers souvenirs de cette lointaine époque: la poupée de bois et puis une photo représentant Blanche assise sur les genoux de sa mère, souriantes toutes les deux, heureuses. Blanche devait avoir environ trois ans et l'époque noire de la maison n'avait pas encore vraiment commencé.

Une fois rentrée chez nous, je me suis mise à pleurer, à pleurer à gros sanglots. Des larmes qui ne voulaient pas s'arrêter, toutes les larmes que je n'avais pas versées à la mort de ma mère. Jamais je ne la reverrais et tout me semblait si futile. Jacques a tenté de me consoler mais j'étais inconsolable. J'avais le sentiment qu'il était trop tard, que tous mes efforts pour comprendre le drame de ma mère avaient été vains, que je devrais vivre avec cette histoire irrésolue en moi.

Après notre visite à la campagne, la vie a repris son cours. J'ai retrouvé mes étudiants, la routine quotidienne. Je continuais à enseigner, mais l'amour de la littérature s'était un peu estompé. Je lisais moins, avec moins d'attention, et les histoires m'apparaissaient le plus souvent banales, arrêtées comme en chemin, figées sous le poids des mots incapables de briser la structure habituelle des pensées.

Je n'ai plus reparlé de ce voyage là-bas. Sauf une fois. À Isabelle. Elle était venue me voir, peu de temps après ma visite à la campagne. Je la sentais encore plus perdue qu'avant. Elle venait de rompre avec son amoureux et elle se plaignait de ne pas savoir aimer, de ne pas savoir retenir auprès d'elle les hommes qu'elle aime. Éric était le sixième amant d'Isabelle et elle n'avait que vingt-deux ans. C'était l'attachement qui manquait. Le sentiment, les premières semaines, si vif, s'estompait rapidement sans qu'elle ait pu le retenir en elle. Elle parlait d'une sorte d'hémorragie du sentiment et l'image surprenante en soi ne m'a guère étonnée. C'était exactement cela, le pouvoir de l'indifférence, une zone comme insensible du cœur, une porte fermée à l'intérieur de soi. Comme j'aurais aimé lui dire que j'avais vécu ainsi toute ma vie, qu'il avait fallu la rencontre tardive de Jacques pour que s'estompe un peu, mais pas complètement, ce sentiment d'être isolée des autres.

Isabelle est malheureuse, incapable de trouver sa voie. Elle n'aime pas son travail, se dit sans passion, profondément découragée. Différente des autres. Une âme en peine. Comme je l'étais, comme je l'ai toujours été. Même l'amour de Jacques, l'attachement que je ressens pour lui, car, pour la première fois de ma vie, je sens la force du lien qui nous unit, ne parvient pas à assourdir l'angoisse qui m'habite.

Une angoisse sans visage, comme si, entre le jour et la nuit, la démarcation n'avait jamais été faite clairement. Qu'elle ne le serait jamais.

Il n'aura servi à rien de découvrir le secret de ma mère. Tout est resté pareil, la révélation que j'attendais s'est brusquement estompée, ne laissant derrière elle qu'un vague souvenir d'une autre époque.

Isabelle m'a parlé de Jean, très malheureux depuis mon départ. Il n'arrivait pas, selon elle, à s'habituer à l'idée de notre séparation. Il avait eu plusieurs maîtresses, mais cela ne durait que quelques mois, et il se retrouvait seul. Je connaissais Jean et je savais qu'il serait ainsi toute sa vie à chercher la femme capable de l'aimer, capable de supporter toutes ses exigences. Comme je l'avais fait. Dans mon inconscience, dans ma totale obéissance aux hommes.

Isabelle m'avait trouvée changée, amaigrie. Elle avait raison. Je ne m'étais pas aperçue vraiment que mon visage avait pris cette teinte grise, maladive. J'étais fatiguée, terriblement fatiguée et je pensais m'absenter pour quelque temps de mon travail, pour reprendre des forces.

En fait, j'avais du mal à m'habituer à la vie avec Jacques. La passion qu'il ressentait pour moi me faisait peur. J'avais peur qu'une fois estompée, la vie ne reprenne comme avant, ne soit que simulations et incertitudes. L'amour n'est jamais ce que l'on croit, il se noie, jour après jour, dans les attentes informulées de l'autre, transforme le sentiment, l'emportement en un jeu routinier, prisonnier de la peur, la peur que l'autre ne découvre, au détour d'un geste ou d'un regard, la preuve que la distance est toujours là, insurmontable, que tous les mots retenus ne le sont que dans la crainte du mensonge.

Déjà, j'avais commencé à lui mentir, pas consciemment, mais poussée par ce vieux réflexe de garder pour moi toutes mes inquiétudes. Nos conversations, au début de notre relation, si animées, n'étaient plus que des simulacres d'échanges. Je gardais pour moi l'essentiel de mes pensées et je crois qu'il en faisait de même, qu'il s'était rendu compte de mon absence, de mes états d'absence.

Il est si difficile de voir sa fille malheureuse. Je n'ai pas été une très bonne mère. Moi aussi, à ma manière, j'étais exigeante, impatiente. Isabelle, enfant, ne me ressemblait pas et j'avais du mal à comprendre son tempérament entêté et volontaire. Elle voulait tout essayer et, malgré mes encouragements, je crois qu'elle sentait ma désapprobation silencieuse. J'avais beau me dire que tout irait pour le mieux, que ma fille saurait mieux que moi choisir ce qui lui convient, le doute demeurait.

Elle cherche désespérément l'amour, se soucie trop
de son apparence. La déception est inévitable et je me
demande comment elle réagira, comment elle saura surmonter la peine d'avoir été trahie. Trahie dans ses rêves,
trahie par elle-même d'abord, puis par les autres.

Enfant, Isabelle était enjouée et drôle. Débordante
d'imagination. Je ne voulais pas faire comme ma mère
et je la gâtais, lui offrais tout ce qu'elle désirait. L'attention, l'amour. Mais j'étais impatiente aussi, vite fatiguée par toutes ses exigences. Avec mon fils, c'était
différent. Il était davantage proche de son père et nos
relations ont toujours été plutôt tendues, maladroites.
D'ailleurs, il ne vient presque jamais me voir, hormis
pour les fêtes habituelles.

La période de l'adolescence pour Isabelle a été particulièrement pénible. Elle était rebelle, s'habillait à la
diable, ressemblait en tous points aux jeunes de son âge.
Elle n'étudiait plus, passait son temps à flâner avec ses
amis, et tous mes reproches, mes encouragements, res-
taient lettre morte.

Heureusement, cette période a été finalement assez
courte et Isabelle a repris ses études devant la conduire
à l'enseignement primaire. Elle a toujours aimé les enfants, plus que moi d'ailleurs, et je croyais que son métier lui apporterait de grandes satisfactions. Mais elle
est déçue, déçue de pas trouver dans son travail l'ac-
complissement qu'elle cherchait. Mais, sans doute, ses
amours malheureux, son tempérament inquiet expli-
quent-ils davantage son découragement.

Dans ses relations avec les hommes, quelque chose

ne va pas, elle a la fâcheuse tendance à choisir des hommes qui ne lui conviennent pas, des hommes paresseux, portés sur l'alcool. Ils se disputent souvent et je soupçonne Isabelle d'aimer ce petit moment de vertige qu'apportent les cris, les hurlements. Marie, l'une de ses nombreuses colocataires, Marie avec qui je me plaisais à parler, m'a raconté qu'une nuit, Carl, l'ami de ma fille à l'époque, était rentré saoul et qu'elle avait entendu des cris dans la chambre d'Isabelle. Des bruits de lutte, la voix d'Isabelle criant à Carl de la laisser tranquille. Marie ne savait pas quoi faire, elle avait peur, et elle voulait que je parle à Isabelle. Cela a été difficile. Je n'osais pas vraiment intervenir dans sa vie mais je ne pouvais pas supporter que ma fille souffre, surtout pas à cause d'un homme. Elle a banalisé l'histoire, m'a assuré qu'elle avait mis Carl à la porte dès le lendemain. Qu'il s'était excusé mais qu'elle ne pouvait pas lui pardonner. Cela ne m'a rassurée qu'à moitié.

En vieillissant, Isabelle me ressemble davantage, les différences s'estompent. De plus en plus, elle s'isole, se referme sur elle-même et je ne peux qu'assister impuissante à ce processus que je connais trop bien, à ce retranchement en soi-même.

Ma propre vie chancelle de plus en plus. Chaque jour, je perds un peu de la quiétude que m'a apportée la rencontre de Jacques, non pas qu'il ait changé, mais le passage du temps érode l'amour, le rend plus fragile à mes yeux. Je vieillis. Et la maladie évolue. Mon corps me devient étranger, souffrant, une souffrance plus vive qu'avant, plus insistante. Parfois, je n'arrive pas à me lever. Je reste toute la journée couchée à rêvasser, la pensée comme suspendue dans le vide.

Je ne le savais pas encore mais l'idée de cette histoire germait en moi il y a deux ans. Il aura fallu la
confirmation de la maladie pour me décider enfin à parler. Mais tout sera fini bientôt.

Tous les soirs, Jacques me prend dans ses bras. Il
s'assoit sur le lit, près de moi, me caresse les cheveux. Il
ne croit pas que je vais mourir, il pense que je suis dé-
pressive, que je me laisse porter par mes chimères. Mais
je sais que la mort est toute proche, que ma peau est
grise, et que mon corps se referme sur lui-même. Je suis
maigre, moi qui ne l'ai jamais été, qui ai tant rêvé de
l'être. La douleur n'est pas constante mais lorsqu'elle
vient, elle me déchire le ventre, l'utérus est pourri et
aucune opération ne pourra me sauver. La délicatesse
froide des médecins me révolte. Je n'ai pas le droit, à
leurs yeux, de refuser les traitements. À quoi bon vouloir retarder ce qui doit arriver! Qu'ils me donnent les
médicaments pour atténuer la douleur, le reste, je m'en
occuperai moi-même.

Si je ne voyais pas la peine de Jacques, tout serait
plus facile mais je ne peux pas le rassurer, je ne peux
que lui répéter sans cesse mon amour, lui dire qu'il sera
le seul que je regretterai de laisser derrière moi. Lui et
Isabelle car malgré notre relation difficile, ma fille m'est
précieuse, d'autant plus précieuse que je crains de la
laisser seule. J'ai peur pour elle, peur de son caractère
frondeur, destructeur, peur qu'elle ne se brise au contact des autres, alors que je n'ai fait que dormir durant
presque toute ma vie.

Nous ne parlons plus de l'avenir. Nous sommes
plongés dans un présent effrité et la pensée se refuse à

imaginer la poursuite des jours. Il y a si peu de temps que nous nous sommes rencontrés. Je mourrai avec le souvenir intact de notre rencontre, cette première soirée où nous nous sommes reconnus. J'ai attendu ce moment toute ma vie, l'espérant en secret et je crois bien que, pour Jacques, il en était de même, après tant d'amours malheureux, déchirants.

***

J'ai finalement accepté les traitements. Pour rassurer Jacques, pour lui dire que je ne voulais pas le quitter, pas tout de suite. Je me sens un peu mieux et je devrais sortir de l'hôpital dans quelques jours. Mais je sais que ce n'est qu'une question de temps, une trêve avant l'assaut final de la maladie. Je me repose. J'ai presque terminé cette histoire.

Je me sens plus proche des gens. Je suis arrivée au bout de mon histoire. Mais je n'ai guère d'espoir. Cette longue quête n'aura servi à rien, la mort m'attend et, bientôt, je ne verrai plus le visage de Jacques, l'homme que j'aime.

ÉPILOGUE

Marianne vient de mourir. À l'âge de soixante-cinq ans, plus de vingt ans après avoir écrit cette histoire. J'ai trouvé le carnet dans ses papiers. Je ne sais pas si elle l'aurait détruit si elle avait su qu'une crise cardiaque allait la foudroyer subitement. Je ne crois pas. Vingt ans plus tard, je me pose les questions que Marianne elle-même se posait vis-à-vis de sa mère. Et je n'ai pas plus de réponse.

Cette histoire, elle l'a écrite pour sa fille Isabelle. À cette époque, Myriam, sa petite-fille, n'était pas née encore, une enfant qu'elle adorait, qu'elle prenait sur ses genoux, à qui elle lisait des histoires sans se lasser. Myriam, presque une femme déjà, en révolte contre sa mère, perpétuant à son tour les conflits inévitables entre les mères et les filles.

Nous avons vécu Marianne et moi vingt ans ensemble et la lecture de cette histoire m'a confondu. Je ne me doutais pas qu'elle entretenait de telles pensées,

la Marianne que j'ai connue et que j'ai aimée était bien
différente de celle que j'ai retrouvée dans le carnet. Je
ne sais pas trop quoi faire. Je savais que Marianne avait
tendance à s'inventer des histoires, qu'elle avait un pen-
chant marqué pour la fabulation. Mais c'était une femme
aimante, soucieuse des autres, et, si elle était triste, elle
le cachait bien. Au contraire, dans la vie quotidienne,
elle était plutôt gaie, rieuse, et le portrait qu'elle fait
d'elle-même est trop sombre. Si elle était capable de
mentir, comme elle le dit si bien, elle ne pouvait pas le
faire à ce point. C'est impossible. Je ne peux me résoudre à
envisager cette possibilité. C'est trop cruel et trop irréel
et j'aurais l'impression de donner raison aux chimères
de Marianne. Lorsqu'elle parle de mensonge, je crois
qu'elle décrit plutôt l'impression tenace qui l'habitait
d'être trompée par le silence, gardée loin des histoires
secrètes des autres, éloignée d'une vérité qu'elle cherchait inlassablement sans trop savoir quel visage pouvait la représenter.

Toute sa vie, il est vrai que Marianne a été hantée
par la mort, par l'idée de la mort mais elle n'était pas
malade comme elle le dit, son cancer, détecté très tôt,
avait été guéri complètement par les traitements. Pourquoi s'acharnait-elle à croire qu'elle allait en mourir?
De toute façon, elle est morte du cœur et non pas de
tous ces symptômes dont elle suivait l'évolution de manière obsessive.

C'était une hypocondriaque, toujours inquiète pour
sa santé, mais, la plupart du temps, malgré la fatigue
dont elle se plaignait, elle était débordante d'énergie,
presque négligente vis-à-vis de son corps, ne prenant
pas la peine de se reposer, usant ses forces jusqu'à l'ex-

trême limite. Une limite difficile à cerner pour elle habitée qu'elle était par le désir d'aller jusqu'au bout, jusqu'à l'effondrement. Son cancer était venu renforcer l'idée que le mal la rongeait, un mal sournois, sans visage. Après sa guérison, elle n'a plus jamais parlé de sa peur de mourir. Elle avait vraiment cru que le cancer allait la tuer et je crois que sa guérison est toujours restée pour elle un mystère.

Mais je ne la connaissais pas. Je croyais la connaître mais ce que j'ai lu m'a bouleversé. J'aimerais tant faire la lumière sur cette histoire. Je ne sais pas tout mais j'en sais suffisamment pour redonner aux événements leur réalité première.

Marianne a toujours été fascinée par les secrets, par la vie secrète de sa mère, par le silence de cette femme qui est morte comme elle a vécu, dans une totale réserve. Elle en parlait souvent, me racontait comment les histoires ont tendance à se répéter dans les familles, comment, par exemple, une de ses cousines, du côté de son père, avait eu un enfant hors mariage comme sa mère l'avait eue à dix-huit ans. C'est vrai qu'il y a quelque chose de troublant dans ces histoires trop souvent gardées secrètes, mais pourquoi Marianne n'a-t-elle pas ressenti du soulagement après avoir appris la maladie de sa grand-mère, maladie qui avait tant marqué Blanche? Connaître enfin ce qui avait troublé sa mère aurait dû la délivrer, du moins en partie, de toutes ces questions qui la hantaient.

J'ignore si la lettre de Judith et la lettre de Blanche ont existé. Je n'en ai trouvé aucune trace. Elle les aura sans doute détruites. Ce que je ne comprends pas, c'est

que Marianne, après avoir écrit cette histoire, l'a laissée sombrer dans l'oubli, qu'après avoir mis tant de soin
à l'écrire, elle n'ait pas ressenti le besoin de la faire lire
à Isabelle. Avait-elle renoncé, doutait-elle de la vérité
de cette histoire?

J'imagine qu'elle a été déçue, que tous les mystères
entourant la vie de sa mère, la mélancolie de la grand-
mère, l'agression manquée du père se sont, avec le temps,
étiolés, laissant derrière eux un sentiment insurmontable
d'irréalité. C'était le passé. Le passé d'une autre, pas le
sien. Elle a essayé de créer des liens, de voir dans ses
peurs, dans son sentiment d'éloignement des autres, dans
son attirance pour la folie, une trace de ce passé mais
elle n'est jamais parvenue à y croire vraiment. Tout était
possible mais déjà perdu, déjà loin d'elle.

Comment peut-on vivre durant des années auprès
d'une femme et la connaître si peu, ne pas se douter de
ses pensées? Même si j'ai souvent pensé que Marianne
avait du mal à s'adapter aux autres, à distinguer la réalité de ses rêves, jamais je n'ai cru que c'était à ce point.
Je l'ai aimée profondément et je crois bien qu'elle
m'aimait elle aussi. Elle ne m'a jamais parlé de cette
impression qu'elle avait d'être effacée, tenue à l'écart
de la vie courante. Je ne savais pas qu'elle cherchait
inlassablement une explication à son isolement, elle semblait si fière de son indépendance, se moquait parfois
de sa fâcheuse tendance à écouter les autres. Je ne comprends pas qu'elle ait eu l'impression d'être sans visage,
car Marianne était belle et les gens l'admiraient. Elle
avait le charme si particulier des femmes timides, un
peu renfermées, le charme qui rend les autres à leur tour
distants et réservés. C'est drôle qu'elle ne se soit jamais

aperçue de rien, qu'elle ait interprété comme une faiblesse personnelle la réserve des autres à son endroit. Elle était aimée de ses étudiants, de sa fille, et même de son fils, même si, tout au long de son carnet, elle ne cesse de marquer leur différence. Même Jean, que j'ai rencontré à la mort de Marianne, l'a aimée, m'a avoué qu'il n'avait jamais su la rejoindre, qu'elle était sauvage et infiniment méfiante, que c'était à cause de cette méfiance surtout qu'il s'était détourné d'elle, mais lentement, et bien après qu'elle se soit détournée de lui.

J'essaie de me rappeler comment elle était mais son souvenir se brouille en moi. Elle m'apparaît maintenant confondue à toutes ces femmes dont elle a parlé, ses amies Marie et Sylvie, Blanche, Judith et sa grand-mère. Les reflets de l'une brouillent le visage de l'autre, leurs images sont à jamais mélangées, réunies par la force de cette histoire. Toujours, je la verrai suspendue sur ce pont, dans la nuit, paralysée par la peur, n'osant plus avancer, attendant qu'une main se tende vers elle. Toujours, je la verrai semblable à cette autre qui criait: «Viens, suis-moi!» Elle est aussi la petite fille qui regarde la main tremblotante d'une femme, impuissante à l'arrêter, fascinée par cet instant où tout bascule, tout s'effondre, cet instant de vérité où le visage se dégage de la brume qui le recouvre. Pauvre Marianne, chère Marianne! Toutes ses questions sont maintenant en moi et elles murmurent la nuit comme des fantômes qui ne trouvent pas le repos.

J'aurais dû être plus attentif à ses inquiétudes mais la vie auprès d'elle était si douce, si enveloppante. Jamais elle ne parlait de ses angoisses, jamais elle n'évoquait devant moi toutes ces pensées qui la hantaient.

Elle était plus que secrète, elle était retranchée en elle-
même. Et, pourtant, je suis certain qu'elle disait la vérité, que tout ce qu'elle a écrit dans son carnet est vrai,
profondément vrai. Mais la vérité ne lui a pas apporté
l'apaisement qu'elle recherchait. Rien peut-être ne pouvait le lui apporter. Elle était née au centre du silence
et le silence était sa maison, sa foi et son désespoir.

Il y a si longtemps maintenant. Comment revenir
sur les lieux de cette histoire? Il est vrai que j'avais ac-
compagné Marianne à la maison de campagne, qu'elle
avait trouvé la poupée sculptée par le père de Blanche.
Elle l'a gardée tout ce temps et je devrais sans doute la
donner à Isabelle maintenant, Isabelle qui a tant de mal
à surmonter la mort de sa mère. Marianne avait peur
pour elle mais Isabelle a une vie, en apparence, beaucoup plus facile que celle de sa mère. Le cycle de la peur
se serait-il finalement arrêté? Arrêté avec la mort de
Blanche? Je ne sais pas. Tout cela me semble si fou, si
improbable.

Je crois que Marianne portait en elle le silence de
Blanche, un silence qui la hantait, et dont elle avait
fait son malheur, le malheur d'une fille impuissante devant la tristesse de sa mère. Elle en avait fait son histoire, l'origine du mal qui l'habitait, du sentiment de
fausseté qui a miné sa vie.

J'ai été heureux auprès d'elle. J'aimais sa délicatesse,
son imagination. Mais ce n'était qu'un aspect d'elle. Je
dois le dire. Je dois tout comme Marianne m'en tenir à
la plus stricte vérité. Elle était parfois froide, distante.
Elle avait peur de tout, de ne pas plaire, de ne pas être
aimée, peur des espaces clos, des espaces trop ouverts,

de la foule, du noir et des voix d'hommes. Il est vrai qu'elle craignait plus que tout les colères des hommes. J'ai pu l'observer moi-même à plusieurs reprises, dès qu'un homme haussait la voix, elle se raidissait, se faisait toute petite, apeurée comme une enfant. Et, pourtant, son père n'était pas violent et Jean, malgré son caractère emporté, n'aurait jamais posé un geste brutal. Sa peur venait-elle de plus loin, d'une lointaine époque où, dans la maison de sa grand-mère, une femme résistait à un homme? Tout cela est trop fantaisiste, c'est chercher trop loin. Chercher des explications à tout prix. Et je ne peux pas y croire.

Elle me manque tant. J'ai fait lire à Isabelle l'histoire écrite par Marianne. Elle a été troublée profondément par son étrangeté, tout comme moi. Peut-être Marianne avait-elle besoin de combler à sa manière les trous de son histoire?

Nous avons décidé, Isabelle et moi, d'un commun accord de faire publier ce texte, en hommage posthume à cette femme que nous avons aimée tous les deux. Ce sera son roman. Le roman de la mélancolie familiale.

Autre ouvrage de Louise Deschênes

Le carnet fantôme
Éditions de la Pleine Lune, 1989. 130 p.

Catalogue des Éditions TROIS

Alonzo, Anne-Marie
La vitesse du regard — *Autour de quatre tableaux de Louise Robert*, essai — fiction, 1990.
Galia qu'elle nommait amour, conte, 1992.
Geste, fiction, postface de Denise Desautels, 1997, réédition.

Alonzo, Anne-Marie et Denise Desautels
Lettres à Cassandre, postface de Louise Dupré, 1994.

Alonzo, Anne-Marie et Alain Laframboise
French Conversation, poésie, collages, 1986.

Alonzo, Anne-Marie, Denise Desautels et Raymonde April
Nous en reparlerons sans doute, poésie, photographies, 1986.

Anne Claire
Le pied de Sappho, conte érotique, 1996.
Tchador, roman, postface de Marie-Claire Blais, 1998.
Les nuits de La Joconde, roman, 1999.

Antoun, Bernard
Fragments arbitraires, poésie, 1989.

Auger, Louise
Ev Anckert, roman, 1994.

Bernard, Denis et André Gunthert
L'instant rêvé. Albert Londe, préface de Louis Marin, essai, 1993.

Blais, Jeanne D'Arc
Clément et Olivine, nouvelles, 1999.

Boisvert, Marthe
Jérémie La Lune, roman, 1995.

Bonin, Linda
Mezza-Voce, poésie, 1996.

Bosco, Monique
Babel-Opéra, poème, 1989.
Miserere, poèmes, 1991.
Éphémérides, poèmes, 1993.
Lamento, poèmes, 1997.

Bouchard, Lise
Le Tarot, cartes de la route initiatique — *Une géographie du «Connais-toi toi-même»*, essai, 1994.

Brochu, André
Les matins nus, le vent, poésie, 1989.
L'inconcevable, poésie, 1998.

Brossard, Nicole
La nuit verte du parc Labyrinthe, fiction, 1992.
La nuit verte du parc Labyrinthe (français, anglais, espagnol), fiction, 1992.

Campeau, Sylvain
Chambres obscures. Photographie et installation, essais, 1995.
La pesanteur des âmes, poésie, 1995.

Causse, Michèle
(—) [parenthèses], fiction, 1987.
À quelle heure est la levée dans le désert?, théâtre, 1989.
L'interloquée..., essais, 1991.
Voyages de la Grande Naine en Androssie, fable, 1993.

Choinière, Maryse
Dans le château de Barbe-Bleue, nouvelles, 1993.
Histoires de regards à lire les yeux fermés, nouvelles et photographies, 1996.

Cixous, Hélène
La bataille d'Arcachon, conte, 1986.

Collectifs
La passion du jeu, livre-théâtre, ill., 1989.
Perdre de vue, essais sur la photographie, ill., 1990.
Linked Alive (anglais), poésie, 1990.
Liens (trad. de Linked Alive), poésie, 1990.
Tombeau de René Payant, essais en histoire de l'art, ill., 1991.
Manifeste d'écrivaines pour le 21e siècle, essai, 1999.

Coppens, Patrick
Lazare, poésie, avec des gravures de Roland Giguère, 1992.

Côté, Jean-René
Redécouvrir l'Humain — Une manière nouvelle de se regarder, essai, 1994.

Daoust, Jean-Paul
Du dandysme, poésie, 1991.

Deschênes, Louise,
Une femme effacée, roman, 1999.

DesRochers, Clémence
. *J'haï écrire*, monologues et dessins, 1986.

Deland, Monique
Géants dans l'île, poésie, 1994, réédition 1999.

Doyon, Carol
Les histoires générales de l'art. Quelle histoire!, préface de Nicole Dubreuil-Blondin, essai, 1991.

Dugas, Germaine
germaine dugas chante..., chansons, ill., 1991.

Duval, Jean
Les sentiments premiers, poésie, 1998.

Fortaich, Alain
La Rue Rose, récits, 1997.

Fournier, Louise
Les départs souverains, poésie, 1996.

Fournier, Roger
La danse éternelle, roman, 1991.

Gagnon, Madeleine
L'instance orpheline, poésie, 1991.

Gaucher-Rosenberger, Georgette
Océan, reprends-moi, poésie, 1987.

Hyvrard, Jeanne
Ton nom de végétal, essai-fiction, 1998.

Lacasse, Lise
La corde au ventre, roman, 1990.
Instants de vérité, nouvelles, 1991.
Avant d'oublier, roman, 1992.

Lachaine, France
La Vierge au serin ou l'intention de plénitude, roman, 1995.

Laframboise, Alain
Le magasin monumental, essai sur Serge Murphy, bilingue, ill., 1992.

Laframboise, Philippe
Billets et pensées du soir, poésie, 1992.

Latif-Ghattas, Mona
Quarante voiles pour un exil, poésie, 1986.
Les cantates du deuil éclairé, poésie, 1998.
Nicolas le fils du Nil, roman poétique, 1999, nouvelle édition augmentée.

Lorde, Audre
Journal du Cancer suivi de *Un souffle de lumière*, récits, en coédition avec les Éditions Mamamélis, Genève, 1998.
Zami: une nouvelle façon d'écrire mon nom, biomythographie, en coédition avec les Éditions Mamamélis, Genève, 1998.

Martin, André
Chroniques de L'Express — natures mortes, récits photographiques, 1997.

Meigs, Mary
Femmes dans un paysage, Réflexions sur le tournage de The Company of Strangers, traduit de l'anglais par Marie José Thériault, 1995.

Merlin, Hélène
L'ordalie, roman, 1992.

Michelut, Dôre
Ouroboros (anglais), fiction, 1990.
A Furlan harvest: an anthology (anglais, italien), poésie, 1994.
Loyale à la chasse, poésie, 1994.

Miron, Isabelle
Passée sous silence, poésie, 1996.

Mongeau, France
La danse de Julia, poésie, 1996.

Morisset, Micheline
Les mots pour séduire ou «Si vous dites quoi que ce soit maintenant, je le croirai», essais et nouvelles, 1997.

Ouellet, Martin
Mourir en rond, poésie, 1999.

Payant, René
Vedute, essais sur l'art, préface de Louis Marin, 1987, réimp. 1992.

Pellerin, Maryse
Les petites surfaces dures, roman, 1995.

Pende, Ata
Les raisons de la honte, récit, 1999.

Prévost, Francine
L'éternité rouge, fiction, 1993.

Richard, Christine
L'eau des oiseaux, poésie, 1997.

Robert, Dominique
Jeux et portraits, poésie, 1989.

Rule, Jane
Déserts du cœur, roman, 1993, réédition 1998.
L'aide-mémoire, roman, 1998.

Savard, Marie
Bien à moi / Mine sincerely, théâtre, traduction anglaise et postface de Louise Forsyth, 1998.

Sénéchal, Xavière
Vertiges, roman, 1994.

stephens, nathalie
Colette m'entends-tu?, poésie, 1997.
Underground, fiction, 1999.

Sylvestre, Anne
anne sylvestre... une sorcière comme les autres, chansons, ill., 1993.

Tétreau, François
Attentats à la pudeur, roman, 1993.

Théoret, France et Francine Simonin
La fiction de l'ange, poésie, gravures, 1992.

Tremblay, Larry
La place des yeux, poésie, 1989.

Tremblay, Sylvie
sylvie tremblay... un fil de lumière, chansons, ill., 1992.

Tremblay-Matte, Cécile
La chanson écrite au féminin — de Madeleine de Verchères à Mitsou, essai, ill., 1990.

Varin, Claire
Clarice Lispector — Rencontres brésiliennes, entretiens, 1987.
Langues de feu, essai sur Clarice Lispector, 1990.
Profession: Indien, récit, 1996.
Clair-obscur à Rio, roman, 1998.

Verthuy, Maïr
Fenêtre sur cour: voyage dans l'œuvre romanesque d'Hélène Parmelin, essai, 1992.

Warren, Louise
Interroger l'intensité, essais, 1999.

Zumthor, Paul
Stèles suivi de *Avents*, poésie, 1986.

Achevé d'imprimer
sur les presses de
MédiaPresse inc.
Joliette, QC
quatrième trimestre 1999